韩东六短篇

韓東六短篇

韩东 著

海豚出版社

图书在版编目（CIP）数据

韩东六短篇 / 韩东著. —北京：海豚出版社，2016.6（2024.4重印）
（短篇经典文库）
ISBN 978-7-5110-3292-8

Ⅰ.①韩… Ⅱ.①韩… Ⅲ.①短篇小说－小说集－中国－当代 Ⅳ.①I247.7

中国版本图书馆CIP数据核字（2016）第103779号

总发行人：	王　磊
策　　划：	林建法
责任编辑：	朱敬利
美术编辑：	杨小洲　闫　鸽
责任印制：	蔡　丽

出　　版：	海豚出版社
地　　址：	北京市西城区百万庄大街24号
邮　　编：	100037
电　　话：	010-68325006（销售）　010-68996147（总编室）
印　　刷：	涿州市荣升新创印刷有限公司
经　　销：	全国新华书店及各大网络书店
开　　本：	32开（787毫米×1092毫米）
印　　张：	7.125
字　　数：	86千
版　　次：	2016年12月第1版，2024年4月第3次印刷
标准书号：	ISBN 978-7-5110-3292-8
定　　价：	62.00元

版权所有　侵权必究

目 录

1 失而复得
41 曹旭回来了,又走了
76 太阳妈妈,月亮妈妈
112 归宿在异乡
136 挟持进京
179 绵山行

失而复得

我们敲门的时间比平时略长，老齐在里面问了句：谁啊？他打开门，厅里面很暗。老齐的面色有些严峻，两腮下陷，双眼向外鼓凸，见我们来他点点头。他把我们让到对着房门的长沙发上，自己在对面的一张黑皮沙发上坐下来。那沙发很矮，中间破了一个大洞，老齐陷坐在里面挺可笑的。他手上捧着一只大号果珍瓶子改制的水杯。唐爱云从卧室里出来，绕过老齐背后到厨房里去。我觉得她的眼睛红红的，就问老齐：又吵架啦？老齐说没有。他说唐爱云的女儿昨天晚上失踪了。

钱玫昨天一夜未归。

昨天是星期天,唐爱云去钱玫的爷爷家看女儿。钱玫下午有约会,被唐爱云制止了。她让她留在家里做作业。钱玫并不违拗,也不恼,就去做作业了。后来一个同学把电话打家里,叫钱玫出去玩。唐爱云接的电话,她问是不是杨君,不是杨君,唐爱云放心多了。其实她也没有见过杨君,只知道钱玫和她特别要好。唐爱云不许女儿和杨君来往,因为她的学习不行。钱玫是老师派去帮助杨君的,可见钱玫的学习一向不成问题。但帮助杨君的结果是钱玫的成绩下降了,她反而受了杨君的坏影响。唐爱云直觉到是杨君约钱玫出去玩,后来证明也是这样的——她和钱玫一起失踪了。当时唐爱云不想放钱玫出去,爷爷不高兴了,说星期天让孩子出去玩玩有什么不好?现在他不是她的公公了,顶撞他怪没有意思的。何况女儿全靠了他们家人照顾。

钱玫被获准外出,她没穿外套也没带包就这么走了。唐爱云跟在后面送了她一程。

她想看看有没有男孩儿。果然没有男孩儿。三个和钱玫一般大的小女孩儿在街心公园的花坛前等钱玫。打电话的那个唐爱云见过。另一个小女孩儿在冬青树后面一闪,大概是杨君,不然她干吗要躲呢?杨君知道钱玫她妈不让钱玫和自己来往。

唐爱云一告诉她们要早点儿回家。二,她批评了她们的服装。她们穿得哪像十三岁的小女孩儿?屁股包得圆圆的,鞋跟有两寸高。就是不穿高跟鞋钱玫也和自己差不多高了。她那几个同学也一样,细细长长的,哪里像十三岁的女孩子?唐爱云想,自己上中学的时候还什么都不懂呢。

她问钱玫身上带钱了没有,钱玫说没带。唐爱云本想给钱玫钱的,但转念一想:还是不给的好。没钱她们哪儿都去不成,就会早点儿回家的。

他们说的时候我想到了张寅,我一个练气功的朋友。是否要找张寅来看一看?我有点犹豫。看一看肯定是很伤身体的。其次，万一唐爱云的女儿有什么不测，叫张寅怎么开口啊？后来还是赵新奇提出来，问我张寅是不是能看。

老齐家没有电话，我和赵新奇只好下楼去找电话亭。路上赵新奇说老齐是劳动人民，意思是说他穷，没有装电话。我说错了，老齐是不劳动人民，所以穷，没有电话。赵新奇会心一笑。

张寅他们单位没有人接电话，估计下班了。我又往张寅家打。张寅老婆说张寅不回来吃晚饭了，他的小师兄从西安过来，估计张寅回家也不会太早。我把赵新奇的寻呼机号留给张寅老婆，说如果张寅打电话回家就让他呼这个号码，我有急事找他。

在老齐家楼下我们碰见唐爱云，她正从单元门出来，说是去剁鸭子、买啤酒，准备我们吃的。我连忙阻止，说还是大家一块儿出去吃吧。唐爱云说老齐已经让她下来了，就随便吃一点。看来她对气功师的事抱有信心，很想表示一下。我告诉她张寅没有联系上，要等一等。我注意到唐爱云重新画过眼线了，可眼泡还是肿肿的。

我们上了楼，老齐一个人待在房子里。唐爱云一走他反倒有些快活了。说唐爱云老说要不是个女儿，她才不担心呢。他和她吵了半天，就为这事。老齐认为儿子和女儿是一样的，丢了也会让人着急。他们的争论当然有潜台词。老齐是个儿子，一直放在天津他父母那养着。他和唐爱云在一起同居、过日子，而彼此的儿女分别跟着各自的爷爷奶奶过。我这么想：他们表达对子女的爱就是说服对方男比女好或女比男好，或者男孩儿女孩儿都一样好，谁也不比谁的差。现在唐爱云表示儿子丢了可以不着急，老齐当然不能答应了。我和赵新奇都看不出有什么争执的必要，可老齐情绪激动，他把这当成了一个原则问题。他挑明了对我们说：唐爱云的孩子丢了他着急，但不像自己的孩子丢了那么着急，不论这孩子是男的还是女的。但在我看来有另一种感觉：老齐似乎还挺快活的。他的问题是和一个悲痛欲绝的母亲在一起，自己还有甲亢的毛病。

他告诉我们他昨天一夜没睡，开导唐爱云直到天亮。老齐让我们的表情不要太沉重了，他说他已经沉重了一天一夜。后来唐爱云上来了，我说还是下去吃吧。老齐不让。他坐在沙发的破洞里和我们说话，让唐爱云去厨房里忙活。在我们与老齐之间有一张玻璃茶几，老齐拧亮了上面的台灯。有一个笑话，说的是老齐老年得了疝气，俗称大卵泡，也叫气鼓卵子，他把气鼓卵子放在沙发的破洞里谁也看不出来。平时老齐很忌讳这个笑话，今天他特意提起来，大家笑了一通。

唐爱云的孩子丢了，生死未卜，说不定她现在很需要她。而唐爱云在给我们做晚饭，择芦蒿、洗肉。我觉得不大好，又提出来到下面去吃。老齐说：做都做了。不仅吃饭，我们还喝了啤酒，细嚼慢咽的，和平时没有两样。我们尝出了肉的肉味，鱼的鱼味。

唐爱云的菜上来以前老齐就喝了一瓶啤酒，跟我们打招呼说他胃疼，就不客气了。喝酒治胃病，典型的酒鬼说法。老齐一只手捂着胃，一只手抓着瓶子不停地喝，手都发抖了。他说他从昨天晚上就开始喝起了，唐爱云也不像平时那样制止他。所以他表扬唐爱云自从孩子丢了以后对他的态度好多了。"没掉小孩儿以前你看她大喊大叫的！"他说他不是在表扬唐爱云的孩子掉了，而是在批评她没掉小孩儿以前的表现。

唐爱云对老齐的趁机反扑没有反应，唯唯诺诺的，的确和从前大不一样了。我们三个吃的时候她就坐在一边看，自己也不动筷子。她倒不在意我们在她女儿丢了以后还这么拼命吃喝，目前唐爱云需要的只是有人和她聊她的女儿，这是一刻也不能停顿下来的事情。可实际上她并没有什么线索，谈论和推测毕竟是虚无缥缈的。她所能干的只是在情夫的家里给他和他的朋友做饭，然后听他们不着边际的劝导。与此同时，她的孩子可能正被坏人污辱呢。

但从道理上讲，我们的这顿饭似乎吃得更有必要。赵新奇身上别着寻呼机，张寅随时随地都可能呼他。我虽没有寻呼机，但张寅一呼，给他回电话的人只能是我。我和张寅是打小的朋友，认识的时间之长，甚至在他练气功之前。这顿饭我们吃得心安理得，并不觉得老齐是一个穷人我们就不该骗吃骗喝。我们这是在给人帮忙，吃饱喝足是有意义的。我们来到此间调节了沉重的气氛，倾听唐爱云的诉说，并及时地劝慰了她。自从唐爱云有了新的倾诉对象，老齐就有机会躲到一边去自斟自饮了。

当然能找的地方都找到了，所有的线索都试过了。唐爱云说：从昨天到今天光打的钱就用了三百多块。她不怕花钱，甚至愿意用更多的钱，只要能找到小孩儿就行。昨天她就有预感，所以下午不让钱玫出门。老齐说预感个屁，离开女儿她还不是到他这里来了？她来和他一起睡觉。晚上九点多钟唐爱云不放心，下楼往钱玫爷爷家挂了一个电话，这才知道钱玫没有回去。以前她就从来没有挂过电话。只要来他这里睡觉她就不再想她是钱玫的母亲了。老齐又有异议，说她不挂电话是因为他没有电话。我说这不正好证明了唐爱云昨天打电话是有预感吗？打这个电话得爬下七楼，不是随手就能打的。

因为那个电话耽误了他们做爱，老齐护送唐爱云直奔钱玫的爷爷家。他在他们家楼下转身回来了。她没让他跟着上去，他也不会跟她上去的。他们家人会想：孩子丢的时候你在哪里呢？在情人那里，这是一个事实。虽说这是合理合法的——唐爱云已经和钱玫的父亲离了婚，应该有自己的生活，但如果目的不是给孩子再找一个父亲总是不太好。

开始的时候唐爱云领女儿去见老齐，钱玫紧张得不得了。路经一片拆迁户住的简易房，唐爱云骗钱玫说：他就住在这里。钱玫当时拉着唐爱云就不肯走了，她要回去。住在这种地方的后父那太可怕了。唐爱云知道女儿的心理,这个玩笑绝对开对了。以至后来见到老齐很穷钱玫并不十分挑剔,至少他是有一套房子的,不必让她们母女住到街边的芦席棚子里去。

老齐除了这套房子真的一无所有了。唐爱云成功地强调了他唯一的长处。可她的父母就不像女儿这么好骗了。他们坚决反对唐爱云和老齐结婚。老齐也顺水推舟,他有自己的一本小账。逢年过节提着点心去老丈人家是很滑稽可笑的,为了这个他也不能够结婚。这是从美感方面说。(老齐和孩子他妈的婚事就曾遭到她的寡母的反对,所以直到离婚他都没有机会踏入前岳母家的门槛。提点心的事对他来说不可想象。)当然还有更实际的理由,就是他的儿子坚决不要后妈。于是老齐和唐爱云的婚事就这么耽搁下来了。

当晚唐爱云和钱玫的叔叔就追到了另两个小孩儿的家里。她们和钱玫、杨君是在钟楼分手的。四个小女孩儿就去了钟楼，转了一圈。唐爱云问她们去干什么了。两个小孩儿也答不上来。

她们分手的时间是下午四点多钟。天气突然热起来了，又是星期天，钟楼的人多得要命，都快挤不动了。一个小孩儿听见钱玫对杨君说，或者杨君对钱玫说（她记不清楚了），反正她们中的一个对另一个说：到我家去吧。另一个回答说：我妈会不高兴的。

唐爱云对两个小女孩儿说：要是你们知道她们去了哪里就告诉我，我会给你们保密的，以后也不会对钱玫讲。两个小孩儿说她们不知道钱玫她们去了哪里。她们对钱玫她们没有回家表示十分奇怪。看来也不太像说谎。

唐爱云检查了钱玫的压岁钱，还在老地方。要是她们想跑，这笔钱总归是要拿的吧？唐爱云又问两个女孩儿钱玫在学校里和谁要好，认识哪些人，都和谁有些什么来往，有没有男的，特别是校外的什么人。两个女孩儿对此一无所知。钱玫平时来往的几个同学，唐爱云一一问明住址之后，打的去找；又问她们钱玫都认识一些什么人。调查下来，钱玫平时有来往的人不超过七八个，非常有限，甚至可以说这是一个孤僻的孩子。

回到她爷爷家，唐爱云在钱玫的小房间里继续寻找线索。有一本通讯录，也只记了最前面的一页，有十来个地址，他们刚刚跑过的五个同学家都包括在内了。只有一个外地的，但没出省，那人叫王志方，有电话。唐爱云第一反应这人是个男的，结果拨通电话才知道对方是个女的。

她是劳模，到钱玫她们学校作过报告。劳模拐孩子显然不太可能。唐爱云告诉电话那头的女人：一个记着她电话号码的孩子丢了，试图唤起她的责任心。唐爱云的想法变得很朴实，就是劳模先进分子理应不同于一般人。她在电话里絮絮叨叨讲个没完，结果电话被钱玫爷爷压下了。老头儿让她别占着电话，说要是钱玫这时候打电话回家不就进不来了?

唐爱云想起钱玫的日记,她让孩子的叔叔用老虎钳拧断了一把锁。抽屉里有两本很精美的日记本,但都是空白的。只是在一本普通的练习本上钱玫记了几页,关于天气、班级活动以及晚上在家看的电视内容。下面有老师的批语:张阅。看来这几页日记是学校布置的作业,没有什么追究的意义。

杨君的父亲也是离了婚的,现在带女儿一起过。他是个知识分子,在研究所上班,看起问题来就比唐爱云达观。他说就让她们跑几天,玩累了自然会回来的。他对杨君失踪的态度就像当初对待她的成绩一样,有点漠不关心。他的前提是小孩儿跑出去玩了。要不是跑出去玩了而是遇见坏人被拐到农村卖给农民当媳妇了怎么办?这样的事几乎每天报纸上都有,叫唐爱云怎能不害怕?所以她还是执意报了案。

民警说这种事太多了,他们已经见惯不惊。十三四岁的孩子就是喜欢跑,有的去外地打工了，有的是被人拐了卖了，也有跑出去玩的，还有的小孩儿和家里怄气，什么情况都有。找人主要还是靠自己，除非你有什么线索了，他们会帮助查一查。或者什么地方发现小孩儿的尸体，特征比较接近的，也会叫你去认一认。他们让唐爱云把钱玫的特征写下来备案。当然也有另一种情况，就是连尸体也找不到，十年二十年没有消息，是死是活你也不晓得。听他们这么说似乎挺开心的，就像你把小孩儿生下了这件事就已经是一个错误了，而且还要让他失踪，失踪了还要找，真是愚不可及。经过这一番羞辱唐爱云的确得到了一些安慰。后来她对老齐说：被他们说的，真是养小孩儿一点意思都没有了。

老齐安慰了唐爱云一夜。说是一夜，实际上只是半夜。唐爱云回到老齐那里已经是凌晨三点多钟了。老齐是怎么安慰她的呢？肯定使出了浑身解数。我想，他们肯定做爱了。他们本来就是情人，做爱没有什么稀奇的。但在那种情况下，女儿生死不明，做爱对唐爱云是否有良心上的谴责？但也许做爱的热情更高了。也许此时做爱的热情中还包含了一种更深刻的本能：一个孩子夭折了（有这样的可能），只有再造一个孩子才能得到安慰。于是他们拼命地干，满怀绝望和悲伤之情。唐爱云是否向老齐呼喊过：给我一个孩子吧！给我一个孩子吧！当然这里也有一个问题，就是老齐的孩子并没有丢，他和唐爱云做爱没有再造孩子的愿望。他只是在利用她的热情获取快感。而唐爱云再造孩子的可能也会在此受阻，因为她将有的孩子的父亲不是那个丢掉的孩子的父亲，她不能得到一个一模一样的孩子，哪怕是稍微相似的孩子。当然，这些言之有理的想法都是我一时无聊的臆断。

唐爱云描述自己心情的变化。钱玫失踪六小时内（从往她爷爷家打电话算起）她想的是等女儿回来了一定要好好地揍她一顿，把她的两条腿打断，看她还跑不跑！六小时以后唐爱云的心软了，只要女儿能回来怎么都好，她肯定是不会打她的。而现在唐爱云几乎是在求女儿了：回来吧，你要什么都可以。她从责备钱玫转而自责：女儿是不是对她有意见？老齐、赵新奇和我都在鼓励唐爱云的这种情绪。钱玫不是被人拐走的，她是自己离家出走，自愿的。为什么要这样呢？当然与家庭和唐爱云的教育方式有关，再加上十三岁本身就是一个出走的年龄，从家里跑出去的多着呢！

　　赵新奇在城北工业区待过，他说在他们那儿中学生出走已蔚然成风。只听说孩子走了或不见了，没听说过谁家去找的。唐爱云很担心有男人和钱玫在一起。"男人，她是不会认识的，最多是个把男生。"赵新奇越发妙语连珠了。

　　唐爱云说：男生也是男的呀！"男生只会保护她们，只会保护她们而不会伤害她们。"赵新奇言之有理,听上去让人觉得的确是那么回事。我们都做过男生,都曾是那么的纯真和勇敢。我们变成男人也就是近年来的事。男人很坏,而男生很好。赵新奇的意思是一个坏男人至少对一个好男生今天还记忆犹新。

唐爱云又说钱玫连去小店买一瓶酱油都会脸红,怎么会变得胆子这么大?她是不是一直在骗自己?赵新奇就说:问题在两个人。两个女孩儿在一起什么事干不出来?两个女孩儿在一起什么事都干得出来——这是他的结论。而且,就算你对自己的女儿了解,但对另一个女孩儿并不了解啊!问题就出在这里。几乎可以肯定另一个女孩儿也就是杨君是主谋。总而言之,钱玫是自动出走,而不是被拐骗的。总而言之即使有男的和她们在一起也没有关系,因为那是男生。

我们继续分析道:被拐的可能性实在太小了。她们又不是四五岁的小孩子,而且是两个人在一起。两个人在一起同时被拐难度实在太大了。又是在市中心的闹市区，大白天，怎么可能呢？最重要的还在于她们是城市女孩儿，而拐子一般来说是乡下人。乡下人骗乡下人还行，他怎么可能蒙得住一个城市姑娘呢？唐爱云说：有一个女研究生还被骗到农村给人家当老婆的呢。赵新奇说：她肯定是从农村考上来的，又回到农村去没有什么了不起。

从小唐爱云就教育钱玫回避男人。还在钱玫刚上小学的时候，有一阵唐爱云天天接送女儿。她告诫钱玫说："你站在门口等，妈妈肯定是会来接你的。如果有急事不能来，让别人来接你，一定得有妈妈的条子。没有妈妈的条子你不能跟任何人走，特别是男人不能跟他走，有妈妈的条子也不行。妈妈是不会把条子给男人的。没人来接你，你就去教室里坐着，等妈妈来。妈妈不来也不准跑出去玩。要是你敢跑出去玩的话看我不打断你的腿！"

此番谈话以后，一天唐爱云在学校门口

没有接到钱玫,她就去他们教室找。教室里空荡荡的,也不见钱玫,唐爱云说当时她的脑袋嗡的一下,心想:这下完了,女儿让人拐跑了。她没命地喊:钱玫!钱玫!在操场上喊了一大圈也没有人应。唐爱云猛地一抬头,看见钱玫站在一棵小树的树荫下,近在咫尺,看着自己。她一把搂过女儿,把钱玫都吓哭了。事后唐爱云问她为什么不答应,钱玫说她没有听妈妈的话,自己跑出去玩了,怕妈妈打她所以才没答应的。唐爱云因此就没有打她。在与钱玫的约定中唐爱云又加了一条,就是妈妈叫你的时候你一定要答应,不管人在哪里;要是不答应的话就打断你的腿!

  我表示唐爱云的做法有待商榷,这样的教育方式对孩子的成长恐怕不利。唐爱云并不反对我这样说。她说自己受尽男人的苦,女儿一辈子不沾男人才好呢!又说把钱玫养到这么大,一想到以后要嫁给男人她就受不了。我们三个群起而攻之。当然老齐的说法最有说服力。

他说：你到我这儿来跟我睡觉，却不让自己的女儿结婚。老齐开玩笑说，要是以后他和唐爱云结了婚，钱玫有机会和她的后爹单独待上半小时，可以想见的，唐爱云一定会反复盘问女儿："他对你说什么？怎么回事？动手动脚了没有？是不是不怀好意呀？"说得我们都笑了。唐爱云也忍俊不禁，为自己的狭隘而感到好笑。

她继续给我们提供批判材料，说她总是盘问钱玫男孩儿是否给她写过条子或送过东西。有一次，也就是上个星期，唐爱云看见钱玫用的一支圆珠笔，以前自己没见过，还挺高级的。唐爱云就问：是不是别人送的？钱玫说是。唐爱云又问：是不是男的送的？钱玫说是。唐爱云就让她还回去，要是下次再让她看见的话就不客气了。后来唐爱云就再也没有见到过这支圆珠笔。

我们都说唐爱云需要检讨，怎么能这样呢？现在的问题不是她女儿——钱玫肯定没事，现在的问题是唐爱云。她应该考虑的也不是怎么找女儿（钱玫肯定丢不了的），而是女儿回来后怎样改变教育方式的问题。唐爱云频频点头，承认自己一直把钱玫当小孩儿了。老齐说：我以前就说过你，你这个人固执得要命。"女孩儿和男孩儿有什么不同呢？你知道强调性别的后果是什么吗？"唐爱云不吱声，低眉顺眼地收拾碗筷拿到厨房里去洗。

这时赵新奇歪靠在沙发上，目光迷离，他嘟嘟囔囔地说：钱玫今天晚上肯定会回来，万一她今天晚上没回来，明天早上她一定到家了，就算她明天早上到不了家，明天晚上她一定是到了，万一明天晚上她再不到，那后天早上她一定到家了，要是她后天早上还不到，后天晚上那她肯定就到了。老齐在一边说：你听听你听听，赵新奇是怎么说的。

唐爱云给我们续上茶。往常这时候就该打牌了（"跑得快"，一毛钱一张的，小赌）。老齐果然找出一副扑克来，在一张旧报纸上发了三份。我问：还真打？老齐说：干吗不打？要不我们来"索哈"？若在平时唐爱云肯定会把老齐骂个狗血淋头的。"索哈"是大赌，一张牌一块钱，老齐从来是每"索"必输。但这次唐爱云并没有制止他。

我觉得时间不早了，一瞟墙上的挂钟，已经快十点了，张寅仍未呼我。我想他定是在旅馆里和他的师兄交流气功，说不定他们这时已经练上了。张寅在气功态下能看见很多东西。比如一次他来我家，我说我这几天不大舒服，感冒了。张寅说：我知道。还有一次，他一进门就指着我的喉管说：这两天你这里不好。的确如此，那两天白天我还没事，一到晚上睡觉身体放松下来就感到气管发痒，随后咳嗽不止，往往弄得彻夜难眠。我问张寅是怎么知道的，他说是在做气功的时候看见的。

我对他们说：张寅很可能现在在练功，没准儿他能知道我要找他呢。我说我得去阳台上呼唤他一下，把我要找他人的信号更集中地发出去。我撂下五张牌，提了一张塑料小凳子就到阳台上去了。我的做法虽说荒唐但是真诚，他们没有阻止我。

此后的二十分钟里我当真就坐在老齐家的阳台上，闭着眼睛。我呼唤张寅，默念我有急事找他，让他尽快与我联系。身后是老齐的卧室，灭了灯，电视却是开着的，声音调得很小。正在播的那部新加坡电视连续剧若在平时什么事也没有发生的情况下老齐一定躺在床上在看呢；这会儿他只得放弃，留在厅里与赵新奇说话。

他们开始谈论莫测高深的飞碟问题。老齐是坚定的飞碟信仰者。赵新奇毕业于工科大学，自认为比别人更懂得科学。他嘲笑飞碟迷们人手一册的杂志《飞碟探索》，说那是野鸡性质的。老齐则抱怨赵新奇冥顽不化，没有想象力。他突然来了灵感，说钱玫没准儿是被外星人劫持了。既然各种现实原因都不可能，那只能是飞碟。飞碟掠过城市上空，无影无形，瞬间就于人喊马嘶的繁华地段掳走了两名少女。老齐告诉唐爱云不应感到悲伤,应该觉得荣耀才对。被外星人劫持和遇上拐子完全是两码事,做母亲的反应当然也不该是一样的,否则就是愚蠢。要是能轮到他老齐还巴不得呢。那样一来远走高飞也不必为工作吃饭什么的操心了。

要是你儿子被劫走了呢?——唐爱云冷不丁问。老齐半天无语。后来他说:我愿意是愿意,不过得确信一点——是被外星人劫走了,而不是被人贩子拐卖到山沟里给人当儿子去了。

顺着这一思路老齐越想越开心。要是跟外星人走了,到了外星,那里的文明程度比地球上肯定是高得太多了,连美国都远远不及。俗话说水往低处流,人往高处走;到了外星,蝎子座什么的不比出国强多了?中国之于美国是乡下,美国之于外星至少也是乡下啊。做父母的没有不深明大义的。老齐他们当年上山下乡,父母就当是生死离别,伤心得不得了;可要是他们出国去欧洲日本,欢喜还来不及呢。要是能去蝎子座上待一阵，就是永世不得再见也是值得的。赵新奇在说老齐喝多了。唐爱云让他们小点声，说我正在入静呢。显然她相信气功甚于相信飞碟。

又过了三五分钟，我觉得没有希望了就带着凳子回到客厅里。我说我没练过功，要是两个练功的人之间就好办了。赵新奇说：不急，张寅收到你的信号再找地方打电话来需要一段时间。

我们陪唐爱云下楼打了当天的最后一个电话。钱玫爷爷说钱玫还没有回来，也没有任何新消息。

由于兴奋我失眠了，快天亮的时候才蒙眬睡去。大约九点钟我的电话响了，是张寅打来的。他对我说昨天回去很迟所以没给我回电话。今天一早老齐就给他挂了电话，唐爱云女儿丢了的事他已经知道了。刚才他给看了一下，唐爱云的女儿没事，位置大概在他们单位的西北方向，不是太远，至于到底多远还要进一步看。目前另一个小女孩儿仍和她在一起。开始他只能看到这些。张寅让我告诉老齐，叫唐爱云放心。

　　于是我匆匆洗漱了一下，早饭也顾不得吃就奔了老齐家。出租车很难打，我在街边站了约有一刻钟，终于到了四平路。我爬上老齐家的顶楼，居然没有人。新的一天开始时他们肯定又出门去找孩子了。我下楼想买一点吃的，到处都没有，早过时间了。我打算回去，反正老齐有我的电话，他会打过来的。在街边等车时我发现自己所在的地方正对一所小学校。课间休息时对面三层楼上的孩子都拥到走廊里来了，设在外面的楼梯上孩子们上上下下。他们居高临下地看我，不禁感到奇怪：尘土飞扬的马路上，一个失眠又饿着肚子的人，皱着眉头，满脸焦虑，处在过于强烈的阳光的照耀下。我没有等到出租车。后来来了一辆人力三轮，车夫的年纪至少已经七十三岁了。我上了车，老人拉我往前走，在此之前我与他还讨价还价了一番。这样干的时候我在楼上孩子的密切注视之下。我想我给他们的印象一定非常不好。但我并不十分难过。也许是因为我没有自己的孩子,我觉得孩子的世界和我是没有什么关系的。在我看来孩子即意味着麻烦。我想说的是:如果你不想丢掉自己的孩子的话,最好你就不要有孩子。如果你没有孩子,他还会丢掉吗?他不会丢掉你也就不必为此烦恼了。

下午张寅去了钱玫爷爷家。他说小孩儿没事,是去了南京,位置大约在南京浦口。上午他说在西北方向也没有错,那是前天的信息,小孩儿是从明塘坐船走的。我十分惊讶,张寅居然能看得那么准。他的话基本没有余地,看来一定是极有把握,否则不是很不策略吗?

他说得如此肯定更增加了我们对他的信心,我对此事加倍地感兴趣起来。后来我问张寅去钱玫爷爷家的情形,他说他们家好像特别复杂,气很不好。一伙人在那里说说笑笑的,很不像样,就唐爱云一个还着急一些。张寅说钱玫很恨这个家,恨她母亲,是她自己要走的,而且早有预谋;两个小孩儿中钱玫是主谋。

我听后连连点头,因为和我们昨天晚上的分析完全一致。唐爱云的教育有明显问题,钱玫一直处于压抑状态中。

张寅又说目前另一个小孩儿想回家了,如果她能影响钱玫,四五天内她们就能回来。如果影响不了,恐怕要一个多月小孩儿才能回来。肯定是要回来的,这没有问题,但是要吃一些苦。唐爱云一再追问:要吃什么样的苦?张寅说那就不知道了。唐爱云问是不是没有饭吃。张寅回答饭肯定是有的吃的。"那到底是受什么样的苦呢?"唐爱云为此惴惴而不安。

送张寅下楼时她仍在追问,说有什么就告诉我吧,反正也到了这个地步了,我知道了总比不知道的好。张寅笑而不答。唐爱云又问有没有别人和她们在一起。张寅说有的。"男的还是女的?""一个女人。"唐爱云真正想问的是女儿的贞洁,张寅自然明白,但他没有正面回答。他只是说钱玫要受人欺负。什么样的欺负?打骂也是一种欺负啊,但不一定就是打骂。

他一再强调的是这个家有问题,气场很不利于小孩儿。由于牵扯到唐爱云母女的感情问题,张寅说的时候才有点犹豫不决,并不是说钱玫就碰上了什么难以启齿的事。我很欣赏张寅的谨慎。他把他所知道的告诉了我,再由我去告诉老齐。至于老齐告不告诉唐爱云那是他的事了。我们每个人做得都没错,关键程序是对头的。如果需要告诉唐爱云什么严酷的事实那也得由老齐来,由他来决定并承担一切后果。

唐爱云本能地觉得张寅有什么话没有对她说。她相信他会对我说的,因为张寅首先是我的朋友。而从我这儿知道得由老齐出面,她唐爱云要想知道真相只能是从老齐那里。这个顺序她知道得很清楚。所以我到老齐家时他们正关着门吵架。

我问:又吵什么?老齐说唐爱云认为张寅向她隐瞒了情况。因为有唐爱云在场,我也不好说,就说我见过张寅了,他也没说什么呀。钱玫在南京,人会回来的,也就是这些了。

唐爱云看起来一点也没有高兴的样子,和昨天相比反而更忧愁了。老齐敲边鼓说:她关心的就是钱玫的贞操,是死是活倒没有什么。要是张寅能肯定钱玫回来的时候仍是一个处女那就没事了,哪怕断一条腿也在所不惜。

我问唐爱云他们上午到哪里去了。唐爱云说现在的女孩儿真不得了,钱玫瞒着她去过两次长乐舞厅。唐爱云说:我长这么大还不知道舞厅的门是朝哪边开的呢,钱玫才多大呀!

上午她去访问了舞厅,找了半天也没找到地方,最后经她妹妹指点才找到"长乐"

的。她妹妹也就是钱玫的小姨是个舞迷。听说钱玫去过那种地方她大吃一惊,说等钱玫回来一定要把她的腿打断。"那种地方什么人没有?"

她领着她姐姐找去了,大白天,里面黑乎乎的。唐爱云平生第一次进到这种地方,吓了一跳。她数了数那里至少有二十个中学生,有的还穿着校服呢,真太不像话了。那些成熟的女人更是把她吓死了。

唐爱云借口给钱玫爷爷打电话,回避出去,她知道这样我有话才会对老齐说。我对老齐说了张寅对唐爱云母女关系的判断,我特意提醒他知道就行了,没有必要再对唐爱云说。老齐来了精神,说:干吗不对她说?怕她伤心?她的心早就该伤了!我早就对她说过,她就是不听;钱玫恨她绝对是正确的。我有一种感觉:张寅的判断及权威成了老齐打击唐爱云的一件有力武器。

唐爱云带了菜上来,要留我吃饭,我说我吃过了。她搬了一把椅子坐过来,也没有做饭这回事了,好像除了我,她和老齐都是不需要吃饭的。老齐摸出一瓶啤酒,开始喝。唐爱云说:难道钱玫不知道家里人会着急吗?为什么连一个电话都不给家里打?要是她回来了,这次我也不打她,也不说她;这几天我在本子上写,把家里怎么找她的,我心里是怎么急的都写下来了,到时候让她自己看;我让她爷爷也写;到时候不打她也不骂她,就让她看,大人的心情是怎么样的。

我说这样的方式不太好,会给小孩儿精神上带来负担,弄不好她以后还会跑。我说:关键不是钱玫跑不跑,而是你要知道她到什么地方去,为了什么。要是绝对禁止她外出,她真的跑出去了也不会告诉你。

唐爱云说她打算辞了工作去南京找女儿,我和老齐都持反对意见。说南京那么大,小孩儿又是活的,会到处乱走,上哪儿去找呢?我的意见是登寻人启事,在《扬子晚报》上登。这张报纸的发行量大,覆盖面积广,特别是南京以及附近地区都能看到。
老齐说:那还不如上电视,电视不识字的人也看,而且不管你想不想看,只要打开电视你就必须看。读报则不同,不仅需要认字,而且你还得想看。如今那种一字不漏把一张报纸从头读到尾的人已经不多了。况且报纸也不比从前只有一张,一份八到十六版,人家要不是自个儿的孩子也丢了谁会特意去看寻人启事栏呢?

老齐说得在理。唐爱云说那就两样全来,既登报纸又上电视,事已至此她不怕花钱。唐爱云的姐姐也就是钱玫的大姨在南京,下午唐爱云已经打电话去了,但没有谈到登报的事。

"那你们都谈了些什么?"唐爱云说她姐一听说钱玫跑了就说:要是她敢来南京找我,我非替你打断她的腿不可!

怎么这姐妹俩都这么说呢?众口一词,就好像除了打断钱玫的腿就没有别的办法了。"也可以拧断她的胳膊或干脆掐断她的脖子啊！"老齐抓住这点不放，他问唐爱云：是不是小时候你妈老这么威胁你们？唐爱云说：还真的打断她的腿不成？不过说说气话罢了。

我劝他们别争了，还是办正经事要紧。接着我们开始拟寻人启事，老齐执笔，我措辞。

钱玫，女，十三岁，身高一米六〇，圆脸。头发，应该怎么说？"童花头"。老齐问什么是童花头，他怎么没有听说过，是不是方言。我说不太清楚，同时为老齐不知道何为童花头感到奇怪。唐爱云当然知道，点头赞同我，她说钱玫的那种头发就是童花头，不过也有人把它叫成娃娃头的。我说干脆就写成短发吧，免得混淆不清。老齐在信纸上写下短发二字，后面括号娃娃头。他毫不犹豫地就把童花头抛弃了。

下面是钱玫出走时的穿戴。一件毛线衣，黑色的。是纯羊毛的吗？——老齐问。如果是，他就可以写上羊毛衫了。是否纯羊毛，唐爱云不敢肯定，这年头假货太多了，若从价钱上考虑应该说不是纯羊毛的,是否一点羊毛也不含?那也肯定是不会的。问题在于含多少百分比的羊毛才能叫羊毛衫。为措辞的准确性,避免误会,最后老齐使用了毛线衣一词。

钱玫下穿红颜色的裤子,但并不是那种十分红的红颜色。紫红?粉红?水红?或者是砖红?茨红?唐爱云也说不清。接着是裤子的样式,牛仔?奔裤?踩脚或是直筒、喇叭、西裤的样式?唐爱云倾向于牛仔裤,但什么是牛仔裤她也说不清楚。

然后是鞋,一双皮鞋,系带子咖啡色的。关于鞋子老齐和我都没有什么异议。

但就老齐已经写到纸上的这些来看,的确是太普遍、正常而缺少特征了。这样的女孩子多的是,圆脸的多的是,短发的多的是,穿毛线衣和皮鞋的多的是。这个年龄的孩子几乎都是这样的穿着,能不能有一些与众不同的东西呢?唐爱云最反对女儿的就是与众不同,这时方感到这样坚持的不妥来了。

"你倒是说说你女儿和别的女孩儿有什么不同的地方。"老齐和我启发唐爱云,半小时后仍一无所获。她是不是讲明州话?她不讲明州话,从小就讲普通话,而且一点口音也没有。那她的脸上有没有什么痣?瘊子也行,雀斑也好,实在没有的话,青春痘也可以啊。唐爱云使劲想了想,最后摇头说没有,钱玫的脸上除了眼睛鼻子嘴巴和眉毛什么都没有。老齐和我显然很失望。

我问:那她背的包、用的表或脖子上挂的东西有什么特别的吗?唐爱云终于想起来了,钱玫的脖子上这阵子挂着一串珠子。是什么质料的?木头?玻璃?植物的种子?或是玉石的?或是菩提子或是胡桃核?唐爱云一概说不上来,只知道不是男孩儿送给钱玫的。

大约三天后老齐打电话给我,说钱玫回来了。我马上问:是不是像张寅说的那样到南京去了?老齐说:有点误差,具体情况以后再说吧。

　　由于事态的严重和所受的恶性刺激，详细情况她们很难说得清楚。加上某些可以理解的禁忌（人们生活的隐私以及出于侦破需要的保密条例），窥见真相就变得愈加困难了。就拿唐爱云来说，老齐的描绘很能说明问题：小孩儿丢了以后她恨不能让所有的人都知道，无比热烈地找人谈论，让他们出谋划策，希望得到安慰，可钱玫一回来她就沉默了。不仅如此，竟怪罪老齐和他那么多的朋友谈论了此事。所以，要知道孩子失踪的几天里到底发生了什么真是障碍重重。我们的困难如下：一，孩子本身的记忆缺损（由于深受刺激）。二，大人为保护孩子而三缄其口，他们极有节制的谈论很可能还包括了有利于孩子的虚假成分。三，公安机关的保密习惯。由于这三道防线的阻碍，我们目前所知的情况只能通过道听途说加上主观猜测和想象，只能是只言片语和大概脉络了。

她们肯定不是跟一个女人走的,更不是自动出走。那天下午钱玫和杨君与另两个女孩儿在钟楼分手后就准备回家了。她们在一起凑过钱。本来带的钱就不多,买了一些零食吃,回家就没有钱坐车了。当时钱玫和杨君身上一共只有七毛钱,不够乘中巴的,坐公交公司的车还要等,又挤。至于走路回家,她们完全没有想过。主要是没有这个习惯。

与此同时,另一件事也是她们完全不习惯的,就是搭别人的便车。她们没有从市中心步行一小时回家的经历,也从未搭乘过什么人的便车,但最后贪图安逸的本性还是让她们选择了后者。

自从上了陌生人的车她们就交了厄运,值得牢记的教训真是无处不在。本来是图方便想早点儿到家,可那辆车行驶的路线离开她们的家越来越远了。回家这一简单目的的达到推迟了整整四天。本来,她们不想借助并劳顿自己的脚,可后来的返家途中她们走了四天三夜，直走得脚板上满是血泡。至于到底去了哪里，她们无法说清，只能以回程所用的时间来计算距离（据说出租车从下午一直开到天黑）。

两个孩子中的一个被轮奸了，但不是钱玫。钱玫因奋力反抗而幸免。后来她们从一栋居民楼内逃出来，经过长途跋涉（路上捡到一块钱买了两块烧饼充饥）终于回到家。唐爱云立刻报了案。办案人员对受害者的年龄尤其在意，一旦确信是十四岁以下的幼女他们马上紧张起来。仅一天两名罪犯全部落网。邀请她们上车的那人前额的头发上焗了一块红色，据称那绺鸡冠似的红发在破案过程中起到了关键性的作用。

钱玫自认为没有像杨君那样被强奸，唐爱云不顾老齐的反对还是要求法医做了鉴定。鉴定结果钱玫果然还是一个处女，完好如初。唐爱云大喜过望。这下子她可全都翻过来了，不仅女儿的贞操失而复得，而且事实证明她的教育没有错，非常成功，甚至得进一步加强。男人当然是可怕的,不仅成熟的男人,甚至那些刚刚成年二十岁不到被赵新奇称作男生的男人也如此（罪犯正是这样的男人）。要不是自小向钱玫灌输男人可怕、可憎的思想,在关键时刻她会竭力反抗吗？似乎唐爱云的教育就是为了这一天的到来,她的预知能力是那样的强大,甚至令张寅羡慕不已。他那十来年的功夫怎比得了一个做母亲的本能呢？在与老齐的关系中唐爱云自然再次占了上风。现在,每次老齐碰见赵新奇就会说：你还说男生会保护女生呢！

1995年5月31日 中午1点15分

曹旭回来了,又走了

我把曹旭的三个短篇交给陆菁菁。我是下午刚收到曹旭的小说的,当时只看了他的附信,很简单,主要是让我帮着推荐三篇小说,但他本人似乎并不在意这一点(在此曹旭有些自相矛盾)。他说给我寄来三篇小说只是向朋友们表明"曹旭又回来了"。曹旭在这六个字的后面加上了惊叹号"!"。曹旭回来了,这个消息我还没有机会向朋友们宣布,就把他的三篇小说连同信皮一起交给了陆菁菁。

陆菁菁是《北方》杂志编辑,南京人,这次从石家庄回南京是休产假。我邀她到家里来玩,后者穿了一身紧身黑衣服,黑衣黑裤,甚至连袜子也是黑色的。一根很长的银质项链垂在胸前的衣服上，和她的白脸和两只胖手很是相配。她靠坐在长沙发上，前面的那张做茶几用的小桌上放着曹旭的三篇小说（装在剪开的信封里），以及烟缸、水杯、几本书和我的一只从手腕上摘下来的手表。后来又来了一些朋友，矮桌上又多出了一只做烟缸用的可乐罐，几盒烟、打火机，当然还有湿漉漉的水杯。曹旭的小说被挤向边沿，再也不是桌子上最显要的东西了。再后来为打扑克，所有的水杯和杂物都被从桌上撤去，我注意到曹旭的小说被他们挪到了电视柜上。它大有被忽略的危险。我觉得有必要再次把曹旭的小说交给陆菁菁。于是我这样做了（趁他们在桌子上铺报纸）。陆菁菁第二次收下曹旭的小说，但她还是没有地方可放。她说她应该带一只包来的。由于她并没有带一只包来，又不马上就走，曹旭的小说暂时还得放在我家。不仅曹旭的小说，连她随身携带的雨伞、钱夹也得找个地方先放着。当我把曹旭的小说第二次交给陆菁菁后她就将这三件东西(小说、雨伞和钱夹)放在一块儿了。虽然仍然在我家里,但划出了一块陆菁菁的领土。那三样东西自会相互提醒,跟随主人的。我终于把曹旭的小说交到了编辑的手里,不禁松了一口气,于是安下心来打牌。

陆菁菁穿一身黑衣服,衣裤都是紧身的,比上次见面时的确显得苗条多了。看来她已开始找到在某一特殊时期的穿衣服的感觉。陆菁菁的脖子上挂了一条银质项链,项链很长,露在衣服外面。除了她的面孔、双手,那是唯一的亮色了。由于营养充分休息又好,陆菁菁看上去十分滋润,面孔和双手白得耀人。对此敏感的不止是我,甚至大有人在,比如骆军。当人都到齐后商量饭后干什么时,骆军提出去看电影。正在公映的电影有姜文执导的《阳光灿烂的日子》,大家都说很不错,值得一看。没看过这部电影的只有骆军和陆菁菁。骆军提出饭后去看《阳光灿烂的日子》，陆菁菁热烈响应，她说："我很长时间没有看电影了。"但除他们之外的所有人都反对这个主意。最后陆菁菁只好表示放弃。骆军反倒来劲了，他说："反正我要看电影，你们谁去看就一起走。"他很清楚除陆菁菁外不会有人去看的，因为大家都看过了。刘国越说："你不早说，我昨天才看的，不然我就等你一起去看了。"刘国越又说："别去看了。我们不让你去看！"我对骆军说："你就别去啦。"他说："反正我去看电影。今天晚上我是看定了。"我没有再说话，心里觉得骆军这家伙也太自私了。在座的陈晓明、王雪梅和陆菁菁都是第一次见面。陆菁菁是《北方》编辑部的编辑，回南京来休产假。陈晓明和王雪梅都在写小说，并各有一篇小说通过了陆菁菁的初审。我安排这次见面是想让他们彼此熟悉一下。骆军当然不需要这个，他已经成名两年，稿子供不应求，现在是编辑求着他了。后来我们下楼去美乐餐厅吃饭，路上骆军还在念叨着去看电影的事。晚餐大约七点开始，我们要了五瓶金威啤酒七个人喝。席间骆军喝得很有节制，还看了几次手表。八点半以后他的希望就越来越渺茫了——南京的电影院一般最后的场次都在九点以前。饭局未了，陆菁菁不可能离席而去。如此一来就变成骆军一个人去看电影了，原来看电影的意义将消失殆尽。九点差一刻骆军捋袖看了最后一次手表，刘国越见状说："已经来不及了，你就明天再看吧。"后者模糊地应允了一下，玻璃杯中本已见底的酒又被加满了（骆军罩在杯口的手终于拿开了）。九点半左右饭局结束，我们从灯光明亮的店堂里来到黑暗的街上。刚刚下过雨，空气湿润而新鲜，大家的精神为之一振。我问陆菁菁想不想唱歌，附近就有KTV包间。陆菁菁说她无所谓。我们站在路边踌躇了半天最后还是决定回我的住处。路上陆菁菁说她什么都不会玩，得了无兴趣症。又说在石家庄时方舟、穆涛都试图"拯救"（她用了这个词）

她，皆以失败告终。听她这么说我们都扮演起"拯救者"的角色来了。我们问陆菁菁会不会打麻将，打扑克，下棋，跳舞。陆菁菁说她一概不会。我说我那里有扑克，问陆菁菁会不会打四十分、八十分、锄大地、找朋友、拱猪、争上游、跑得快，或者是索哈、火锅之类的赌博。陆菁菁说不会。又问会不会下军棋，四国大战，再不行的话我那里还有飞行棋。陆菁菁说她只会下跳棋，可惜我那没有。骆军建议陆菁菁应该运动一下，出去走一走，然后回来她就对什么都有兴趣了。他力劝陆菁菁离开我们和他去散步，没有成功，一伙人先后上了楼，各自在原来的座位上坐下。他们在找自己喝过的杯子，我忙着烧开水，续茶。接下来还是聊天。从美乐吃饭开始骆军的谈话就一直具有某种挑逗色彩，显得异常活泼。他始终面对陆菁菁说话，因后者是客人，倒也不显得唐突。他说陆菁菁一点也不胖，现在正好。陆菁菁就问我是不是这样。我说："还是胖了一点。"

骆军说:"再减五斤就正好了。"陆菁菁表示不同意,说:"起码减十斤。"我说:"我觉得减七斤正好。"刘国越问:"为什么是七斤?"让我很难回答。骆军挨着陆菁菁坐,他特意给她夹了一块扣肉,说:"这也是两难的,你不能完全拒绝。肥肉不利于减肥,但又有美容作用。"后来又谈到陆菁菁大学毕业已经十年了,她的结婚证明还是在校期间开的呢。骆军问:"这十年你都干了些什么?"待到了楼上,他还在强调运动之于陆菁菁的好处,并再次提议由他领着她去外面转一圈。陆菁菁说她最反感的就是运动了,以前在学校体育课最让她头疼。骆军仍强调她需要运动,马上运动。他说:"你马上做二十个俯卧撑,二十个仰卧起坐就什么都好了。"陆菁菁说:"现在我连一个仰卧起坐都做不起来了。"话题慢慢转到何灈、陈小琪夫妇身上。陈小琪是陆菁菁中学时代最要好的朋友。陆菁菁说他们本来是不打算要小孩儿的。骆军接口道:"是否是失败造成的?"他有意识地略去了"避孕"二字。陆菁菁没有回答。她继续说何濯和陈小琪是在她家相遇的,他们好了以后何濯的第一个妻子写了一封非常无理的信来大骂陆菁菁。而现在何濯和陈小琪的关系也了结了,他(何濯)的第三任妻子又是陆菁菁一个办公室里的同事,和她坐对面。骆军说:"我有一种感觉,何濯追求过你。""没有。怎么会呢?"骆军说:"不管你承不承认,我是这样感觉的。"说完一阵嘿嘿嘿地笑。骆军的笑声靠后(喉咙后部),极富特色和感染力。这时他转向大家道:"何濯的婚恋生活一直在绕着陆菁菁转,现在已经有了一个半圆,再过些年就会把陆菁菁圈在中间了,就像筑篱笆一样。"陆菁菁说:"等篱笆完成的时候我已经是八十岁的老太婆了!"

骆军刚从外地旅行回来不久。这一趟他去了福建、两广、云南等地。陆菁菁因此问他沿途的见闻。实际上骆军一直在谈旅行的感受,只不过是夹杂在上面的话题之间的。

实际上，骆军特有的兴奋即是来自于这次刚刚结束不久的旅行，他是余兴未消，还没有完全平静下来。在途中，他曾打电话给我，称他这次和殷立新结伴的旅行为"黄色旅行"，他们从广东一直嫖到云南，当然，各地的良家妇女也在他们的追逐之列。由于陆菁菁和王雪梅的在场（她们都是女性），旅行的黄色成分是不宜过分渲染的。在美乐餐厅骆军只谈到摩梭人的走婚。那是当今世界上唯一保留下来的母系社会，自本世纪初以来无数的游人、学者来到那里。在骆军看来摩梭人真正是见多识广、大方非常，一点也不土。如果当时他们想走婚的话一点也不难办到。但事前有人告诫他们说，由于性关系混乱，摩梭人居住地性病比较流行。骆军暗示了他在这方面的谨慎。此刻，在我家的客厅里，骆军讲起在福建某山区所过的生活。殷立新在那儿买了一块地，造了一所房子。在那山谷里造房子的一共有四家。殷立新是诗人，还有一个画家、一个生意人和一个野生动物研究者。总之,大家都是怪人,离群索居,享受着今日之世界难得的孤独和安谧。他们自己开荒种地,吃红薯蔬菜,每周有人上山,带进来一些肉食、啤酒。啤酒直接置于一道小瀑布或山溪下面,自然冰凉,要喝的时候就取过一瓶。溪水中央有一块突出的石头,白天太阳晒得发烫。他们在溪水里游泳,有时看见一条水蛇在身边游过,彼此相安无事;游乏了就躺在石头上晒太阳,顺手取来一瓶冰啤酒。这样的日子真是令人羡慕不已。骆军说他进山的第二日,干脆脱了裤子什么都不穿。受他的影响其他人也都脱了裤子,整天光着屁股地到处乱走。骆军说:"倒不是因为不会有人看见,而是当时你有一种感觉,就是被人看见也没有关系。"后来画家的女朋友上山来了,他们仍然裸着身子不穿衣服,吓得画家的女朋友成天躲在房子里不敢出来。他们裸体拍了许多照片。开始的时候几个年纪比较大的还不很自然,到后来越来越自然,越来越自然。真是浪漫得无以复加。陆菁菁听得入了神,向往之情油然而生。陈晓明说这让他想起了波姬·小丝演的一部电影,一对少男少女在碧波里游泳。他想不起片名来了。"不过,我真的很感动。"陈晓明说。

大约十一点半以后我们决定去金字塔俱乐部吃夜宵。上完厕所后大家鱼贯而出下楼去了。我走在最后,得关闭门窗、检查煤气和拉下电闸。骆军也没有马上下楼,在门边踌躇着。我想:他别是想和我要房门钥匙吧?结果骆军什么都没要,和我一起下楼去了。在路边,我们商量怎么个走法。刘国越和王雪梅的丈夫骑自行车先走一步。余下的人至少得打两辆车。这时候骆军又在劝陆菁菁:"走走吧,你需要运动。我陪你走过去。"大家都不说话,看着骆军在劝说。夜深人静的,眼看着局面有点微妙起来。陆菁菁说:"要走大家一起走。"他们相持不下,几乎形成僵局。我说:"那得走到什么时候?"最后我们还是走到路边去拦车了。

来了第一辆车,谁也不肯先上。还是骆军走过去打开车门,他对陆菁菁说:"你是客人,肯定得先上。"然后他自己上了车。司机旁边还有一个空位,但没有人打开车门上去。骆军带着陆菁菁先走了。陈晓明、王雪梅和我上了第二辆车。我对司机说:"金字塔。"同时心里在想:如果我们到了金字塔不见骆军他们的话,我最多等上十分钟。十分钟以后他们还不到,我就回建设路睡觉去了。至于其他人,他们爱等多久就等多久。

十年前曹旭第一次来南京,我和他见面不足半小时,在陈晓明家外面的墙根下他坐在一张小板凳上问我:"你手淫过吗?"我很吃惊,后来就理解了:这是他表达亲密的方式。以致一段时间以来我认为所有的广东人都是这样的,习惯不同,但用意是好的。接着曹旭开始现身说法,说他怎么弄破了,又如何的疼。即便如此,在我的印象中曹旭仍是一个少有的上进青年。

那会儿大家都写诗或小说，唯有曹旭的志向最高。他是我所知的公开以诺贝尔文学奖为目标的两个人之一，另一个人就是高大的马原。曹旭虽然生得矮小，但经过自觉的锻炼，身上的肌肉非常发达。他游泳、跑步，而且爱好音乐，吉他弹得相当不错。那会儿追求曹旭的女孩儿很多，小于不过是其中之一。她之所以后来成了曹旭的孩子他妈，和当年的南京之行恐怕不无关系。陈晓明家有一套空关房，无条件地供曹旭他们使用。曹旭正是在这所房子里失去了他的童贞的，从此再不必靠手淫过日子了。

这对情侣在南京逗留的时间很长。一天，我们一起去鸡鸣寺上面的茶社喝茶，中午就便吃了素面，还喝了不少散啤酒。那是一个夏天的中午，曹旭一时兴起在店堂里面的空地上打了一套南拳。他把腿踢得老高，手竟然能够着脚面，拍得啪啪直响。但膝盖毕竟伸得不够直，姿态不甚雅观。朋友们还是鼓了掌。除一桌有人外，店堂内的客人全都走空了。那一桌上是一对处于热恋中的男女,对曹旭的表演视而不见。后来曹旭将一只用来夹在碗沿上做标记的木夹子扔过去挑衅,终于把他们弄走了。整个这一厢茶社里就剩下我们一桌。饭后的困意上来了,我们脱了上衣伏在桌子上午睡。曹旭是最先醒来的,他糊里糊涂地踱到外面的大殿上去,看见一个小尼姑坐在案前抄录经文。曹旭不知从何处搬来一把椅子和小尼姑并排坐下,赤裸着上身问:"你知道大乘与小乘的区别吗?"小尼姑不答,曹旭问急了她就说:"你问老师太去,我们不知道。"当时我们还在睡觉,是被外面的吵闹声弄醒的,一齐跑出茶社来看,只见曹旭被群众围在核心,一位矮小的老尼揪住他不放。最后曹旭被带到位于地下的保卫科去了,我和陈晓明为营救他也顺着楼梯来到下面。地上是茶社,地下(茶社的下面)是僧人宿舍和保卫科,拱形的门楣上钉着一块"闲人免进"的牌子,要不是因为曹旭我们恐怕还没有机会下来一看呢。我们从僧人宿舍门前一掠而过,不失时机地向里张望一番,来到尽头处的保卫科。曹旭企图狡辩,一个头发向后梳的胖子(大约是保卫科长)厉声喝道:"什么大乘小乘的,你知道虾子是从哪头放屁的!"这时一个杂役模样的人过来对保卫科长说:"刚才就是他们什么都不穿,趴在上面睡觉。"科长向他一歪嘴,说:"练给他们看看,什么叫作佛法。"那人应了一声,立刻在一把椅子上双腿一盘,像拧床单似的,两只脚同时到了上面,把我们看得目瞪口呆。

一别十年。去年十月我去广州开会,再次见到曹旭。他住的那栋楼似乎还挺著名的,据说是当年孙中山藏匿过的地方。曹旭一家三口占据楼顶(并非顶楼)一角,和这座历史名楼基本上没有太大的关系。他家的房子是楼的附加建筑,后来才有的,就像鸽舍一样。鸽舍里最引人注目的陈设是一台钢琴,是曹旭给他女儿的生日礼物。小于也已辞职多年,专门在家做饭,接送女儿上学。

看来曹旭过得挺不错（历史名楼、钢琴和不上班的老婆），但又不是很像。曹旭本人趿拉着一双塑料凉鞋，脚后跟踩着鞋帮子，背驼得很厉害，脸上的表情总是笑眯眯的。他说普通话依然很费力，向我解释着历史名楼、钢琴和不上班的老婆并不能说明什么。别人因此而误解他，好像他穷得罪有应得，甚至有了"死要面子活受罪"这层意思。我频频点头，心想：至少那栋破楼说明不了什么，曹旭与它沾边只不过是在政协机关工作。他因发表小说而调入《团结》杂志，因《团结》杂志而属于政协，因属于政协而后加入国民党，因加入国民党而分到了楼顶上面的鸽舍，在此，逻辑关系是非常清楚的。

  大约是这次见面使曹旭想念起南京来了。九个月后他有机会从广州到南京来，依然去住陈晓明的那套房子。十年过去了，后者除了一套房子早已一无所有。陈晓明拿不出任何东西来招待曹旭，每天晚上把曹旭拉到阳台上去请他看对面楼上的女人洗澡，或上厕所。这是陈晓明隐秘的乐趣,要不是曹旭的到来,恐怕我们永远也不会知道。而现在我们全知道了。每晚十点,他们熄了房间里的灯来到阳台上,向下俯视(陈晓明家在顶楼),前面三楼一家厕所间窗户上的百叶窗开始变化,叶片转动着,直到倾斜的角度和他们的视线一致。他们于是看见女人脱裤子、蹲马桶。那扇窗户、那个女人和那个时间是固定的。当然还有不固定的属于偶然的发现。在闷热无风的夏夜里女人们模糊的裸体看上去使人感到清凉,或者燥热。这几乎是在顶楼蒸笼似的环境里唯一的安慰了。

一天我请曹旭吃饭,陈晓明作陪,他俩乘出租车前往我家。下车时曹旭让司机开了一张二十元的发票,而实际他们只给了十块钱。曹旭得意地说:"又赚了十元。"陈晓明就笑他财迷心窍。"赚自己的钱也能算赚吗?"他问曹旭。两人之间就此发生了一场争论。

曹旭这次来南京是单位出资的旅游,地

点不限,每人可报两千元的发票。曹旭的意思是把这笔钱弄到南京来和朋友们一起花,因此才在三伏天气不辞劳苦直奔南京这个火炉而来的。

"反正你要报两千块钱的发票,又不会少报一分,反正两千块钱是你的,怎么能说赚了公家的钱?"

"哎,我报两千块钱的发票,而实际上我并没有花掉两千块钱,难道不是赚钱了吗?"

"反正两千块钱是你的,多花少花也只有这么多钱。多花,超过两千不会给你报销。少花,反正还得给你两千块钱。反正两千块钱是固定的,怎么能说你就赚钱了?"

他们一直争论到我的住处,把我也卷进去了。我认为曹旭只能节约钱而不能赚钱,要那么多的发票一点用处也没有。

曹旭还没有离开南京的时候,我又接到去广州开会的通知。我想约曹旭一道乘飞机走,可他计划把坐飞机的钱用在请客上,答谢在南京期间朋友们的热情款待。这样,他只能坐火车回去了。那天曹旭在故宫酒家大张宴席，酒足饭饱后在座的分作两拨，一拨送我去机场乘飞机，一拨送曹旭去南京火车站。我当天晚上就到了广州，开会、吃饭、应酬，三天后我去曹旭家找曹旭，曹旭已经回来了。我要去深圳看朋友，邀曹旭同行，他欣然应允。当时是中午时分，不见曹旭家的锅灶有动静。大约一点半钟曹旭提议去喝下午茶，然后我们就去车站坐车。小于和他们的女儿也一起跟出门，原来所有的人和我一样都没有吃过午饭。我们来到广州宾馆三楼喝茶，由于口味和时间关系我只吃了一碗豆腐脑（广州人加糖的习惯让我难以下咽）。然后，我和曹旭冒着中午的太阳头晕眼花地来到东站买车票。上车前我一摸外裤的口袋，发现两张一百元的人民币不翼而飞——我被偷。可恶的是几张一块钱的零票却依然留在裤袋里，小偷不屑于将它们拿走。火车上倒是挺空的，我和曹旭对面对坐在靠窗的座位上，两人终于有机会坐下来聊天，主题竟然是文学。我觉得曹旭应该再写。为鼓励曹旭起见,我简短而不露痕迹地回顾了他颇为荣耀的过去,关于诺贝尔梦想,关于跑步和游泳以及那篇在圈子里引起轰动的小说:《我为什么进不了电视台》。后来这篇小说在《上海文学》上发表了。我不明白的是曹旭为什么会激流勇退,没有坚持下来,如今却宁愿同时给几家报纸开什么专栏,讨论广州的骑楼和塞车什么的。曹旭费力地分辩着,意思是他不得不如此,因为生活。他的文学梦依然热烈,尤其是他说话的方式,颠来倒去、欲言又止,同时还那么的自我投入。由于在口头表达方面的无能让我觉得曹旭在写作上的巨大潜力。对于一个并不愚蠢的人来说,说与写显然是某种矛盾的辩证法——我一贯是这么认为的。当列车员推着盒饭过来,我让曹旭去买两盒。曹旭问了价钱,回头对我说:"十五块钱一盒,就几片苦瓜几条肉丝,妈的,不值。"他皱着眉,从牙缝里吸着冷气,表情十分痛苦。这时推着饭盒的列车员已经走远了,我于是着急起来。"我今天到现在一顿饭还没有吃呢。管它十五块还是二十块,只要是饿了,五十块钱一盒也值!"我说。曹旭仍无动于衷,他抱歉地笑着,就好像没买盒饭已是一个无法改变的事实了。我对他说:"我要吃盒饭。你不能连一盒饭都不给我吃。我要不是让小偷偷了,我自己会买的。我背包里有钱。"(说着指了指放在顶上行李架上的我的那只力派牌黑包。)"现在拿起来不方便。你先把你的钱拿出来花……"听我这么说,曹旭更难办了。若他仍坐着不动是舍不得口袋里的那几十块钱(临行前我看见小于塞给他的),若他此时(在听说我的背包里有钱后)起身去买盒饭仍然是因为吝啬。由于身体的本能要求(饥饿),我把曹旭逼到了一个精神上的绝境,实在是迫不得已。没想到曹旭带着两盒盒饭回来的时候另外还买了两只鸡大腿。那两只鸡大腿非同一般,每只至少重达半斤,像小型的火腿一样,上面套着一只被油浸透的纸袋,揭去后可以捏着下端的骨头直接啃食。我告诉曹旭我不吃鸡大腿,理由仅仅是它太大了,大得不像鸡的大腿。尤其是在一盒盒饭下肚以后,对滴着黄色油珠的鸡腿我足以感到腻味。我需要的仅仅是一盒饭。我问曹旭鸡大腿多少钱一只。回答说十元。我算了一下这餐饭总共花了曹旭五十元钱。我气哼哼地发狠不过才吃了十五块钱(一盒盒饭)。曹旭笑眯眯地怀着十分抱歉的心情吃了另一盒饭。另外他吃了右手捏着的那只鸡大腿。当得知我不吃鸡腿时曹旭说不能浪费,他抬起左手开始啃另一只鸡腿,一面啃一面自我解嘲地冲我摇头。曹旭吃得非常香。

到深圳时天已经黑了。我在路边电话亭给阿年打了一个电话。对方已经知道我们晚上到,正在家里坐等。刘春也在,他是下班后直接去阿年家的。我们叫了一辆出租车,直奔阿年家。他们那栋楼好像在装修,到处是木块砖头,黑灯瞎火的,我们就像走进一座废墟。小保姆开了门,只见两个大胖子裸着上身坐在客厅里的沙发上。沙发颜色深黑,他们的裸体在日光灯管的照射下更显得惨白、松弛了。阿年、刘春在我们进来以前正喝啤酒。他们一边喝酒一边在等我们,茶几上放着几只菜碟,一条鱼吃得只剩下森森骨架了。阿年让我们在沙发上坐下,也脱去上衣赤膊,他吧嗒吧嗒地迈着赤脚去冰箱里给我们拿啤酒。随后四个人坐定了,对着电视边看边喝。顶上的吊扇呼呼地转动着。我问起杨蔚,阿年说她回老家去了,今天刚走,要一个星期以后才能回来。啤酒喝完后我们走出去吃夜宵,快结束的时候刘春问我怎么个住法。我说:"我们还是跟你回木星小区吧,你那儿有空调,舒服一些。"在路口我们和阿年分了手,拦车去木星小区。这时曹旭问刘春:"那阿年家不就剩下阿年和小保姆了吗?"刘春说:"是啊。"曹旭说:"那杨蔚怎么能放心啊?""你这个鸟人!"刘春说,"是不是想住到阿年家去,和小保姆搞一把？"曹旭被刘春说得很不好意思，但他仍然不解："孤男寡女的，难道……"刘春对曹旭竟然这样想亦表现出大惑不解："你这个鸟人，连小保姆也不放过！"第二天这番谈话就被刘春编成了一个段子，他对阿年说："曹旭看上了你们家的小保姆。"如是这般形容了一番曹旭当时的神态，饭桌上的人都被逗笑了。"你这个鸟人！"阿年说，一副又好气又好笑的模样。

我们到深圳的那天是星期四，第二天星期五。所有的朋友工作都很忙，白天没有时间陪我们。我和曹旭很迟才起床，在冰箱里随便找了点什么当早餐，甚至连开水也懒得烧，渴了就喝啤酒和矿泉水。刘春的两个房间和厅内都装有空调，我们将温度打得很低，坐在藤条椅上看录像。当然，没有一盒带子是从头看到尾的。由于录像带太多，又不知道哪些符合我们的口味，曹旭不厌其烦地一盒一盒地倒带、检视。他猜测刘春有黄色录像，我说："肯定没有。刘春周围有的是女人,他不需要那个。"曹旭不信,翻箱倒柜地搜寻,结果只找到一本性爱教育录像带。上面出现的男女生殖器官一概糜烂变形,看上去十分恶心。导演的本意在于提醒人们性病的可怕,可看了之后(特别是那些不曾目睹异性生殖器的青年男女——影片正是为了他们而摄制的)肯定会产生不良的后果,甚至会影响到他们性心理的健康。刘春的柜子里除此之外再没有更暴露的了。一番徒劳无功的忙活后曹旭又开始和我谈论文学。他有一篇小说《我是果果》半年前在《特区文学》上发表了。这是近五年来曹旭写的唯一的一篇小说,在来深圳之前我从未听他提起,这会儿又忍不住要找出来给我看。他的心情一定很复杂。当他从刘春书房一角堆积如山的报刊中找出那本杂志来的第一个反应也许是想将其藏匿起来。后来他主动要求我看,我说:"我看东西的时候一定得一个人。"曹旭认为这是托词,他逼着我非马上看不可。公正地说,这是一篇非常好的小说。当时我只是表示写得不错。这当然要怪曹旭强人所难,使我在另一个人的监视下看得很不仔细。即便如此(听我说写得不错)曹旭已经很兴奋了,他念念叨叨地说自己一定要重新开始,每年至少要写十五万到二十万字的小说。我保证帮他向一流杂志的编辑们推荐,说定了他每写成三万字左右就寄我一次。发表和成功的前景再一次攫住了他,使他坐立不安。曹旭挺着胸脯在房间里走来走去,我觉得他就像一只动物,具体地说就像一只狗熊。当然他没有狗熊那样巨大的体魄。曹旭是个小个子,十年前他还很在意这个的时候总是穿跟部很厚的皮鞋,头发也向后吹得直立起来。他的高度因此明显地增加了。去年十月我再次见到他,第一个印象就是他变矮了,整个人有一种下坠的感觉,脚上趿着凉鞋,头发也平顺了,更主要的是脊背开始弯曲。我曾向曹旭谈到这两个先后不同的印象。回南京后我收到曹旭的来信,说他已决定每周两次去单位的健身房里举杠铃,以纠正他的个人形象。这次见面后感到曹旭果然与去年不同,与十年前当然也相去甚远。我一直无法准确地表达我的惊异感,现在似乎有了,就是:曹旭越来越像一只狗熊。他的身上的确增添了不少肌肉,但并未赋予他那种轻松的挺拔感。肌肉在曹旭的身上似乎成了一种累赘,使他不能完全适应。尤其是他的背部,肌肉蜂拥,看上去就像一个结实的驼峰——曹旭比去年更驼了。我对他说:"你应该挺起胸膛来。"于是曹旭努力挺胸,下巴内收,双臂绷直,他就像穿着铠甲的武士那样地穿着自己的肌肉,炫耀似的在房间里来回走动。

午饭前我打电话给任辉,他是一名长住深圳的诗人。早在仟辉上中学时,曹旭就和他认识了。如果要找一个我们两个都认识又有闲暇来陪我们吃午饭的人在深圳恐怕只有任辉了。即便是任辉也很忙,他斜挎着一只书包进来,还未坐定腰间的寻呼机就响了起来。任辉很有礼貌地没有马上回复,而是拿出一本极厚的书递给我，并介绍说这是世界上第一个没有国土的国家的文献，相当于他们的《圣经》的那类东西。我还是不得其解。好在这本《圣经》里有很多图片，使我可以撇开那些奇怪的拼音文字翻看起来。任辉说这是斯洛文尼亚文，他们的国家没有国土，公民遍布世界各地，都是一些艺术家，这个国家本身的构成就是艺术的。任辉塞给我们这本书，继而等我们对书发生兴趣之后才去回那个电话。他对听电话的那人说："今天中午不行，这儿有一个南京来的朋友……"曹旭忍不住说道："妈的，你怎么不说还有一个广州来的朋友！"任辉显然听到了，但他并未更正或补充自己的话，只是伸过一只手来在曹旭的驼峰上安抚性地拍了拍。后者也没躲开他的手，似乎挺愿意地接受了对方的道歉。任辉放下电话，对曹旭解释道："广州毕竟没有南京远嘛。"由于过于勉强，再次激起了曹旭的不平："妈的，忘记了就说忘记了……"我对曹旭说："你现在怎么变得这么敏感啦？""难道以前我就那么不敏感吗？"自此，我就需要把曹旭看作一个敏感的人了。在空调房间里他一支接着一支地吸烟，不仅手指焦黄，嘴唇都发黑了。香烟已经成了他的第六根手指、他渴望的奶头和挥来挥去的阳具。只有和香烟在一起曹旭才能成立，他成了它的附属物和奴隶。晚上我们被刘春叫到市内的一家酒楼去吃饭，任辉、阿年都去了，另外还有一些朋友。柯丽是阿年公司里的同事，一位非常漂亮的小姐。这时她对我说："你来以前一个星期阿年就对我们说了，说再过一个星期韩东就要来了。以后每天都作预报，离韩东到深圳还有六天，离韩东到深圳还有五天，还有四天、三天、两天……怎么说来着？这叫倒计时。"岳子清将菜单递给我，让我点菜。我说我对广东菜不熟悉。我以为他们会把菜单递给曹旭的，结果没有，菜单越过曹旭转了一圈，又回到岳子清的手里。看样子是他做东。岳子清领我去看对虾，还有另外一些海鲜。它们一格格地被放置在瓷砖铺成的池子里或玻璃柜中,被灯光照得绮丽耀眼。曹旭跟在后面说他在渔船上干过,打过鱼,这样他们在挑选时才顾及到他的意见。菜上来的时候曹旭几乎不动筷子,他拼命地吸烟,吸得那样多,以致放在他前面的生鱼片吃起来有一股焦油味儿。我试图把话题引向他,说曹旭白天关在刘春的房间里,如何地走来走去,就像一只狗熊。柯丽认为不像,说曹旭没有那么大的块头。她略微想了一下,说:"曹旭像一只考拉,就是澳大利亚才有的那种树袋熊,很可爱很可爱的。"她的想法立刻赢得普遍的喝彩,大家认为准确极了,曹旭就像一只考拉,成天吊在树上,手里还须臾不离地夹着一支冒烟的香烟,这一形象真叫人忍俊不禁呀!刘春又讲起那个阿年家小保姆的段子来了,柯小姐没有听说过,捂着嘴笑得前仰后合的——一只考拉想和小保姆搞一把真是太有意思了。

第四天晚上我们是在玖玖隆吃的自助

餐。席间,曹旭犹豫不决,他想赶回广州,第二天早上上班。由于惯性作用他仍坐在那里,直到九点多钟我们快吃好时他才起身离开。曹旭手里提着一只塑料袋,里面装着他换下来的脏衣服,另一只手上夹着香烟,鼻孔冒着白烟和我们挥手作别。阿年将他送到餐厅门口,掏出一张五十元钱塞给对方。曹旭试图推辞一番,被高大的阿年一把推到外面的街上去了。阿年回到座位上,我们又吃了很久,直到收档。刘春公司里有事,没来玖玖隆。我和阿年、岳子清步行了很长一段路,最后去了阿年家。我和岳子清在阿年家的沙发上还没有坐稳,就听见有人敲门。小保姆跑去开门,竟是曹旭站在门口。他仍旧一手提着塑料袋,一手夹着香烟,怯生生地问小保姆:"阿年在家吗?"由于阿年家的门开在厅的左侧,从门到客厅有一条颇长的走道,一时曹旭没有看见我们。我们突然爆发出一阵大笑,想必是吓了曹旭一跳。我们笑他没走成又回来了,当时何苦要走呢?我还笑曹旭走的时候手上夹着一支烟,回来的时候手上还夹着一支烟。当然,别人为何发出和我一样的绵延不绝的大笑原因也许不同。总而言之,这件事是可笑的,曹旭又回来了,一时我们还无暇用理智去思考这件事。在和曹旭认识最早的阿年看来,也许再次证明了前者一贯很差的运气(误了车)、倒霉、窝囊,乃至可笑。但在岳子清看来曹旭此举则是别有用心了。他刚刚听说阿年家的小保姆那个段子,马上就碰上了曹旭摸到阿年家来这件事。试想:如果我们在玖玖隆吃完以后没来阿年家,而是去了某个酒吧或歌厅(这是非常可能的),曹旭来阿年家敲门阿年家不就小保姆一个人在吗?就算因时间关系曹旭没走成,他为何不去刘春家?在深圳的这几天里他不是和我一起住在木星小区吗?他为什么不打电话或寻呼机?这里的朋友谁没有几个电话和寻呼机号码呢?曹旭解释说正因为号码太多了,所以他一个也不记得——这真实吗?他也不记得刘春家怎么走了。总之,一旦曹旭无路可走、需要帮助,发现在深圳他唯一能去的地方就是阿年家了。他带着一身强烈的烟味走进来,第一件事就是向阿年和岳子清要名片和电话、手机和寻呼机的号码。他从口袋里掏出两包劣质香烟扔在茶几上,说他如果找不着阿年就准备去车站候车室抽一个通宵了。大约十二点以后,刘春在公司陪完客人也来了。听说曹旭没走成的事他笑了一通。刘春显然赞同岳子清的感受,重复再三,以至我和阿年的想法和曹旭本人的解释都逐渐成为不真实和没有必要的了。刘春修订了"曹旭回来了"这一段子的最后版本,他的天才之处在于对我们(我、阿年、岳子清)当时反应的描绘。话说曹旭敲开阿年家的门,发现韩东、阿年、岳子清三人端坐在客厅里的沙发上不动。他们对他说:"早就知道你会到这里来的,我们已在此恭候多时了!"

我们从金字塔出来的时候已是凌晨一

点,外面下着小雨。一溜夏利停靠在栏杆边。我和陆菁菁上了第一辆车,隔着雨水淋湿的车窗我们和大家挥手告别。陆菁菁坐在前面司机一侧,背对着我,一路上我们很少交谈。终于到了地矿局大门口,陆菁菁下车后直奔传达室的灯光而去。我对司机说:"去建设路。"当陆菁菁从我的视野内消失的时候仍没有走到地矿局的门口,我有点担心大门关上,她进不去。也许我应该等她进去之后再让车走的。这个念头只是一闪而过,因为陆菁菁无论如何是能够回到自己家的。五六分钟后我就到了建设路,这段路要是在白天至少得走一刻钟。我付了车钱,丁丁咣咣地上楼。到了门边,放轻脚步——我妈此时定然已经睡熟了。我摸索着锁孔小心翼翼地开门,不想我妈在里面高声问道:"是韩东吗?"我说:"是我。"我妈说:"你的电话。"我开门进去,看见我妈穿着睡裤,花白的头发在灯光下显得很凌乱。她显然是被这个电话吵醒的,很不高兴地说:

"都什么时间了……"我拿起放在桌子上的听筒,原来是陆菁菁,她已经安全到家了。当然,她打电话来并不是为了告诉我这个。她问我曹旭的三篇小说我是不是给她了。是给她了,这没什么问题,她也是这么认为的。这么说曹旭的小说一定是落在出租车上了。陆菁菁问:"你没看见吗?没拿?"我说:"我没看见,没拿。"陆菁菁"哦"了一声,说:"那就完了,我把曹旭的小说弄丢了。这怎么办呢?"我安慰她说:"没准儿出租车司机觉悟高,会把它们寄回来呢——装小说的信封上面有我的地址。"陆菁菁说:"但愿如此,否则就不太好了。""曹旭有底稿吗?"她问。我说:"应该有吧。"陆菁菁说:"我还一直想着呢,特地把曹旭的小说和我的雨伞、钱包放在一起。"我问:"你的雨伞、钱包没丢吧?"陆菁菁说:"那倒是没有,也真是怪了。"

1995年11月21日

太阳妈妈,月亮妈妈

一

我是在乘风破浪认识宋露露的。我想把她带回去睡觉,对她说:"怎么样,待会儿跟我们一起去玩?"在这之前我对胖子说过同样的话,她回答说:"我们不出台。"她说的"我们"自然包括宋露露。但我不甘心,趁胖子挤进舞池跳舞,我挪到了宋露露身边。

她俩的区别很明显(一个娇小玲珑,一个高大肥硕),回答自然也不应相同。宋露露很爽快地答应跟我去玩。这样最好,说实话,我一向喜欢体形娇小的女人。

我问胖子愿不愿意出台,倒不是出于

什么心计，一开始她就被安排在我的身边。从左至右，我们的顺序是这样的：老迟、宋露露、胖子和我。宋露露和胖子位于老迟和我之间。她俩过来时我们中间正好空着两把椅子，胖子不由分说就将她的大屁股落了下来，差一点没压着我的一条腿。她去舞池蹦迪时我很方便地就挪到了她坐过的那把椅子上，椅面被焐得热烘烘的，并且有些烫人。

　　我请宋露露出去，并未征求老迟的意见，按说这是不礼貌的。她陪的是老迟不是我——虽说这由不得老迟。老迟和我一样，不过是接受了某种既成事实。不同的是：老迟接受的是小姐陪坐的事实，我接受的则是由此小姐而非彼小姐陪坐。不知道我的意思说清楚没有，这之前老迟从没被小姐陪过，甚至也没来过乘风破浪这样的地方。他被我连哄带骗地拉来，一来为我壮胆助阵，二来，体验一下老同学的日常生活。他主要是作为一名观察者来到此地的。

　　我决心向老迟演示一番本人生活的某种

状态，他也很满足于在一旁饶有兴趣地观看，出让宋露露是其必要的步骤。况且宋露露也要挣钱。当事者三人应该说是各得其所。

二

我和宋露露来到酒吧外面，前面的街上停着一溜夏利车。司机们拼命揿着喇叭，招揽着生意。刚刚下过雨，路面反射着闪闪烁烁的灯光。我拉开一辆出租车后座的门，低头钻了进去。宋露露接着也上来了，并随手带上了车门。司机问："去哪块？"我未及回答，宋露露已对着她那侧的窗外说起话来。

她一面说话一面摇下车窗，这时我才看见对面阴暗的屋檐下有几个人影，宋露露的话正是冲他们说的。由于讲的是当地方言，语速又快，我听得不明不白，只知道他们在吵架。我认出了其中的胖子，实际上是她在和宋露露对骂。另外两个男的则一声不吭。

胖子似乎在阻止宋露露跟我走。后者

突然转向我,改用普通话说:"你带我去哪里?"我说:"我家呀。"宋露露说:"去你家干什么?"我说:"那还用说吗?去玩呀。"她转向车窗回骂了两句,再次改用普通话问:"玩什么?"我说:"做爱啊。"她便不再问了。又向着窗外骂了几句之后,宋露露对我说:"做爱至少四条,你先给我。"我不懂"条"的意思,但想必是此间黑话,估计一条是一百元。我从钱包里数了四张一百的递过去,果然对方没有提出异议。

宋露露接过钱,开了车门走下去。我并没有跟着她,而是在车内等她交涉。时间一长我不禁紧张起来,心想:莫不是碰上敲诈的了?四百块钱事小,如果跟出去没准儿会被暴打一顿,也许还会被扭送派出所,那可就亏大了。像这样待在车里,不声不响,不仅能让他们感到有恃无恐,必要的时候也可以开车走人。

我想到了老迟,此刻他在何处呢?我把宋露露带出来的时候他和胖子在一起,而现在胖子在和宋露露交涉。想必老迟已经脱身。可惜他没有机会看见我沉着应付的场面了。

  如果此刻宋露露跟胖子他们跑了,我肯定不会去追,只有自认倒霉。可他们并没有马上离开,而是站在屋檐下继续争吵。宋露露不时地向出租车这边瞟上一眼,这就使我产生了侥幸心理。我将心一横,下了出租车,但没有走远。我一手扶着车门,对宋露露喊道:"你到底走不走?不走也行啊,随你的便,反正我走了。你这个人我算是记得了。"说完我钻回车内。

  看来威胁起了作用。宋露露一面冲我喊:"我去哎!去哎!"一面将钱交到胖子手上。她很不甘心地又骂了两句,随后连跑带跳地过来了。出租车在两个女人的相骂声中蹿出去。经过及时培训,我终于听明白了她们的临别赠言。胖子说:"看我不告诉你老公,小逼养着死噢!"宋露露说:"我日你妈逼!"

  我们一路无话。

三

我将宋露露领回我的卧室兼公司办事处。上楼的时候我故意没开楼道里的灯,一面不无温柔地搂着对方的腰。宋露露显得很紧张,这我能够理解。自从她上车以后形势发生了根本的变化,现在是她离开了同伴,孤身犯险。而我摆脱了胖子他们,终于来到自己的地盘上,情绪之高自不待言。可怜的露露,宁愿将四百块钱交给恶毒咒骂她的胖子,她怕遭到我的抢劫。可就算我有什么恶念,四百块钱能够保住,她的小命也很难说。如果她的小命难保,四百块钱岂不落入了胖子之手?愚蠢的女人啊!这么想的时候我不禁涌起一腔怜悯。

虽然谁都知道接下来将要发生的事,彼此心照不宣,但我并不准备那么直截了当。我领着宋露露在房间里转了一圈,告诉她:"这是我的卧室……这是办公的地方……这是厨房,我平时不开伙……这是卫生间……"我们在办公桌旁的一只书架前停下来,我鬼使神差地抽出一本书,对她说:"这是我写的。"宋露露念道:"唯美人生。"我指了指作者的名字,宋露露说:"迟刚?"我说:"没错,我就是迟刚,迟刚就是我。"

读者朋友显然已经猜到,迟刚其实是老迟,并不是我。他辞去公职,靠卖文为生,生活得十分窘迫,甚至这本书也是靠我赞助才得以出版的。幸亏宋露露对内文没有兴趣,否则她打开封面就会看见老迟的亲笔题赠。我为这个无伤大雅的玩笑暗自乐了半天。

我一面推着宋露露的肩膀向卧室走去,一面问:"你喜欢做爱吗?"宋露露说:"不喜欢。"我说:"没做你怎么知道喜欢还是不喜欢呢?"

这自然不是我的方式。目前的场合也无须暧昧的调情。但此刻的我已不再是我。我想象着老迟在孤独的生活中怎样向零星出现的女人求欢,当然,他从没遇见过宋露露这样的对象。

我们一面做爱我一面在对方的耳畔柔声唤道:"宝贝,宝贝,我的小宝贝……"弄得宋露露也真情毕露。她对我说:"我真的不想走了……"

和这样的女人睡觉居然也能如此,即便在我,也是十分新鲜的经验。

事后我们整衣下床,坐在客厅里的沙发上闲聊。我亲手削了一个苹果递过去,看着宋露露一口一口地吃掉。她问我:"你怎么不吃啊?"我便给自己也削了一只。我问宋露露:"你有老公啦?"她说:"别听她瞎讲,她才有老公了呢!""她"是指胖子。宋露露说:"她小孩儿已经多大的了。"

她站起身来,开始在房间里巡视。东瞧西看,摸摸这个动动那个,随便得就像在自己家一样。她发现了冰箱上的那枝玫瑰,它被插在一只陶瓷花瓶里,而花瓶放在冰箱上面。宋露露问我:"女朋友送的?"我说:"怎么说呢。"我告诉她说,这并不是一枝真玫瑰，而是巧克力做的。我将巧克力玫瑰从花瓶里取出，拿到灯下给她看，那绿得过分的叶子显然是塑料的。巧克力则被做成花朵的形状，外面裹着一层紫红色发亮的锡纸。我揭开锡纸的一角，使棕色的巧克力暴露出来，以证明我所言不虚。我问宋露露："你想吃吗？"她问我说："你不要啦？"我说："我不喜欢吃巧克力。"于是这枝玫瑰或巧克力就归宋露露所有了。她没有当着我的面将它吃掉（像那只苹果），而是作为一枝玫瑰接受下来。

宋露露十分愉快地与我告别，我坚持要把她送到楼下。

在楼梯上，我搂着她的腰，而她怀抱着一枝玫瑰，我们像一对情人似的来到外面的街上。我问她说："有钱打车吗？"宋露露说："我身上还有五十，你不用再给了。"不禁让我又感动了一回。过了一会儿她又说："过两天我要去吃喜酒，你跟我去吗？"我有些犹豫，但为了不破坏这个圆满的夜晚最后还是说:"到时候你打我手机吧。"

四

宋露露问我玫瑰是不是女朋友送的,我没有做正面回答。自然,我知道玫瑰的来历,它绝不是我自己花钱买的。不过,说来话长,一枝玫瑰不禁使我进入往事,或者,让我们进入一枝玫瑰的往事吧。

我到南京的时间不长,大概一个多月。到南京的主要原因不是生意上的,我向老迟他们解释说,是因为情感上的问题。我租下一套民宅,充当公司在南京的办事处。一个多月以来并未开展任何业务,我在熟悉环境。

在一个很偶然的机会里我认识了李薇,她是某中专学校的音乐老师。不用说她很漂亮。李薇总是骑着一辆与她娇小的身材毫不相称的巨型摩托,看着她英勇地跨坐其上,真有说不出的性感。她用这辆摩托带过我,并且在这之前从没带过别的男人（除了她爸爸）。但出于对美丽女人的历史恐惧，我没有就势搂住她的腰，而是十分危险地将双臂抱在自己的胸前。

两天之后她给我打电话，说给我抓了一服中药。上次见面时我说自己有失眠的毛病（我说过吗？），这中药是专治失眠的。十分钟后李薇亲自将中药送来，随后跨上她的摩托车一溜烟地不见了踪影。

为答谢李薇的好意，我准备请她吃饭。然而光吃饭未免过于一般了。（李薇的方式却是既细致又特别，亲自查找药方、抓药，及时将中药送达，并告知我煎服的方法，就差喂我服下了。）于是我提出请李薇去按摩，这在我是十分平常的事，对她而言一定是比较特别的了。

李薇很爽快地接受了我的邀请。在小歌女洗头房，我们不仅分别接受了小姐的按摩，之后还享受了泡脚服务。

我和李薇并排坐在两张沙发上，中间隔

着一张茶几。我们的腿向着同一个方向，伸得笔直，一面说话一面任凭按摩小姐摆弄着自己的脚。李薇的一双赤脚皮肤细嫩，反射着白光，几乎使我不能正视。可她（或它）却毫不害羞，还炫耀似的用脚趾打着"响指"。包房里设有卡拉OK，我们各持一只话筒，在如泣如诉的歌唱间歇交谈渐渐地变得暧昧起来。

我们谈到了处女问题。我说："这年头，十八岁以上的女孩儿基本上已没有处女了。"李薇说："没那么夸张吧？别人的事我不知道，反正我们都是处女。"她今年二十三岁，显然是"十八岁以上的女孩儿"。所谓的"我们"自然包括她，主要是指她自己，不过是某种婉转的说法。因此我无法反驳。

我故作惊讶地张大嘴巴，说："是吗？难得难得。"听上去多少有点言不由衷。

五

以上便是情人节以前我与李薇交往的主要内容。为说清那枝玫瑰的来历,也许需要另辟一章。

综上所述,我们大致可以了解到李薇是怎样的一个女孩儿:美丽、勇敢、主动、职业高雅,并且到了二十三岁还是一名处女。尤其是最后一点,十分的难能可贵。我的那帮老同学都认为我不该再犹犹豫豫。老迟甚至不惜将心比心,"如果换了我,早就下手了。被这样的女孩儿看上,简直就是白捡了一个大钱包!"他说。

可我犹豫再三的原因,正是李薇的美丽、勇敢、主动、职业高雅,尤其她是一个处女。我该怎样向老同学们解释呢?也许真的如他们所言,我已经变态了?我当然知道美好的事物是值得珍惜的,正是基于这样的认识,我才没有毅然斩断与李薇的联系。同时我也没有答应她任何东西,与李薇交往的距离始终保持在一米以上——她的摩托车后来我也没有再坐了。

眼看着就到了情人节,这是一个极为敏感的日子。我该不该约李薇出来?如果约她就说明我已经决定。或者,如果她约我,我是否可以赴约呢?我甚至准备暂时离开南京。

我真的很苦恼,直到情人节这天下午仍然没想明白。后来电话铃响了,是李薇,她约我晚上八点在伊甸园酒吧见面。我随后给老迟、老郭和老栗打了电话。他们和我一样,也是单身,在这特殊的日子里定然倍感寂寞。我约他们晚上去伊甸园喝酒。

李薇到达时,我们四个已喝完了两升啤酒。见我不是一人,李薇稍稍有些惊讶,但随即便恢复了常态。她找了一个挨近我的座位坐下来,很大方地向大家致以节日问候。如此一来,她与我的情人节之约就变成了这个特殊日子里的单身者的聚会。李薇适时地自称单身者,大家的身份彼此一样。唯一无法掩饰的是这枝玫瑰(套在一只图案美丽的纸盒子里，透过玻璃纸窗口，花朵的形状若隐若现）。

她默然无语地把它交给我，我默然无语地接收下来。老迟实在有些看不过去，他对李薇说："刚才在门口的时候，看见卖玫瑰花的，老薛犹豫了半天，他想买一枝送给你的。"

这话并非无中生有，酒吧门前确实有不少卖玫瑰花的孩子。但我从没动过买花的念头，更谈不上犹豫不决了。我不便反驳老迟，就算我曾经有过买花的想法吧，否则又怎对得起李薇的一片真情？

酒吧内的音乐缠绵悱恻，除了我们这一桌都是两两成双的情侣。玻璃杯内的烛光映红了他们激动的脸颊。人家在过情人节，我们却在讨论有关的知识问题。老郭说情人节应该送玫瑰花和巧克力，老栗认为，应该是男的送玫瑰花，女的送巧克力。两人因此争论不休。这时我在想另一个问题。李薇送我的是一枝巧克力玫瑰，这说明了她对我倍加钟情？或者认为时机不到，送我的是一枝象征玫瑰,玫瑰的一个象征?这个问题上她肯定经过反复思量,只是我不解其意。

后来李薇说她的胃不舒服(酒喝多了?),我告诉她可掐内关穴止疼。由于她认穴不准,力道有限,只好由我代劳。我将李薇掐得哭笑不得,脸上的表情十分丰富。她就此将一条光裸的胳膊完全交给我了。我就这样端着李薇的胳膊度过了在伊甸园酒吧余下的时间。看上去她的确好多了,脸上出现了满足或欣慰的神情。

六

第二天上午,我打电话给老迟,不无详细地向他报告了昨晚的经过。老迟听得津津有味。他说他一直在为我的安全担心。之所以没打电话给我,是怕打搅了好事,他因此一夜未眠。

我向他坦白说,我借用了他的名字,告诉宋露露自己是一个作家。老迟抱屈道:

"你他妈的太不够意思了！女人你来搞，账却算在我头上。"我赶紧声明，本人绝没有辱没"迟刚"二字。我是如何的温柔体贴，如何的多情多义。最后我交代了那枝玫瑰的去向，宋露露如何宝贝似的怀抱着它下楼去了。

老迟半晌不语，后来他说："看来她是爱上你了。"他感叹道："她们也是人啊，和别的女人没什么两样。也是碰上了你这样的，一视同仁，没有偏见……"接着是一串几近阿谀奉承之辞，夸得我不禁飘飘然起来。

我说："那还不是你的功劳？我是在用你的方式对待女人。"

老迟说："即使换了我，也不可能做得更好了。"

他预言道："像这样下去，没准儿以后她就不收你的钱了。"

我说："收不收是她的事，反正我一定得给。"

后来老迟问我看没看今天的《金陵早报》。广告栏里有一则寻人启事，失踪的女孩儿也叫宋露露。我说:"没这么巧吧?宋露露三个字是怎么写的?"老迟说:"宋江的宋,露水的露。"接着听筒那头传来一阵窸窣之声,老迟在翻找报纸。他逐字念道:"一米六一,圆形脸,吊梢眉,出走时身穿一高跟黑皮鞋,黑色皮裙……"我说:"怎么越说越像了?"

失踪的宋露露只有十八岁,这一点让人生疑。而我认识的宋露露年龄在十八到二十八岁之间。

七

直到一星期后,我和宋露露才第二次见面。她并没有给我打电话,让我陪她去喝喜酒。是我主动打电话(寻呼)过去的,二十分钟以后她把电话回过来。我问她在干什么。她说在陪她妈看电视。我问:"那你还能出来吗?"她说:"行啊,但我不认得你们那栋楼了。"于是说好十分钟在云南路口见面。我放下电话，找了一把伞便匆匆下楼去了。

我租用的这套房子在住宅小区内，到云南路口得走五分钟，其间有两个弯要拐。难怪宋露露来过一次就不认识了。

满打满算（将找伞和换鞋的时间都算上），到达路口时我也不过花了七八分钟，距和宋露露的约会还有所提前。我收落雨伞，气定神闲地来到屋檐下抽烟。前面的云南路上，车辆疾驶而过，在雨雾和路灯下外壳闪闪发亮，但很少有拐到巷子里来的。

我将手表放在房间里，没有带出来，此刻只能靠抽烟丈量时间。我已经不间断地吸了三支烟，显然约会的时间已过，宋露露仍没有出现。我想她的车是否已经拐进去了？或者从前面的一条小路进来，没有发现我？我一面这么想一面往回走，希望在巷子里与宋露露不期而遇。同时我惦记着路口，万一就在我离开时她进来了怎么办？因此走了几步之后我又半途折回。云南路口上仍然是一片灯光照耀的雨帘,除了来往的车辆型号不同,景物并无改变。这样来回折腾了几次,我的心情渐渐变得焦躁起来。某种感觉我十分的熟悉,雨水、夜晚,似乎是无穷无尽的等待。那等待逐渐变成了揪心的盼望,使我深感痛苦和不安。

  不远处的人行道上有一个磁卡电话亭,我过去给宋露露打了一个寻呼。她很快回了电——这家伙居然还没有出来!宋露露说:"别急,别急哎!我马上就到。"看来也只能这样了。

  在我几乎绝望时一辆桑塔纳拐进了小巷,在距我三米远的地方停下。车门开处,一条女人的胳膊伸出来向我挥了挥,同时一个女人的声音喊道:"上来!上来!快上来!"我跑过几步雨地,钻进出租车,对司机说:"一直向前,然后右拐。"就在我万分激动要去搂宋露露时,听见她说:"这里还有一个小东西呢!"于是一个四五岁的孩子从我们之间钻了上来,不禁使我大吃一惊。

宋露露抚弄着那颗烫成菊花状的脑袋,对孩子说:"喊叔叔。"孩子顺从地叫道:"叔叔。"眼睛在黑暗中闪闪发亮,大得有些怕人。宋露露让我也摸摸孩子的脑袋,她说:"像哈巴狗一样,舒服得不得了,我不骗你。"我试了一下,果然如此。后来我们就抱着这小狗一样的孩子上楼来了。

八

我问宋露露:"这是你的小孩儿吗?"她说:"我要是有小孩儿倒好了。"我说:"那她怎么叫你妈妈?"宋露露说:"她妈妈多呢!她妈是她妈妈,她大姨是她妈妈,小姨也是她妈妈。快告诉叔叔,你妈妈现在在哪块?"

"妈妈……"孩子嗫嚅道。

"死形样子!在家神得很呢!她妈在医院挂水,小孩儿没得人带。"宋露露说。

"哦。"我说。

"她妈是她妈妈,她大姨是她太阳妈妈,小阿姨是她月亮妈妈。告诉叔叔,你最喜欢哪个妈妈?"

"妈妈。"孩子说。

"没出息的东西!叫你盯着小姨哎,看我什么时候不把你卖了!"

我说:"我看也不像啊,你都有这么大的小孩儿了。"于是我说起老迟发现的那则寻人启事,失踪的女孩儿也叫宋露露,一模一样的名字,年龄只有十八岁。

"我要是十八岁倒好了。"宋露露说。看来她的确不是十八岁的宋露露,但说她是一个四五岁孩子的妈妈也未免过分。

出于礼貌,我没有问宋露露的年龄,只是借着灯光留心观察。然而她的脸上脂粉过厚,我打量了半天,也没看出个所以然来。

看来这次是没有机会做爱了。但不做爱,我和宋露露又聊些什么?好在有这个孩子,话题和活动基本上都是围绕她展开的。

孩子使我们免于不做爱造成的尴尬局面，虽说她本身就是做爱的唯一障碍。

我没有照料孩子的经验，因此不免手忙脚乱。我又是削苹果，又是找糖块，动作笨拙而夸张。不一会儿，茶几上便堆满了果皮、糖纸、塑料杯、调羹、钥匙、烟盒和一副散乱的扑克。

她们大约待了四十分钟，在客厅里留下一片狼藉，然后起身告辞。我送她们下楼，怀抱着昏昏欲睡的孩子。宋露露打开一把折叠雨伞，为我和孩子遮挡风雨。她亲热地依偎着我，一只手挽着我的胳膊。我们就这样走过了黑暗泥泞的小巷。

我不禁想起上次送宋露露出门，那时我们是一对情侣（我搂着她的腰，而她怀抱一枝玫瑰）。这才几天呀，孩子都已经这么大了，速度之快实在令人不可思议！

我正迷惑不解，宋露露拉了一下我的袖子，对我说："我跟你商量一件事，能不能借点钱给我？过两天我要去吃喜酒。"怎么，她的喜酒还没有去吃?或者是另一个朋友的喜酒?也许是上次的那桌延期了?这回她没有让我陪她一起去,只是向我借钱送礼。

我谨慎地问:"多少?"宋露露说:"四百。"这就使我更加警惕了。虽说量词变了,不再是"四条",但实际数目仍是一样的。这不禁提醒了我,我们的交往是因何开始的。单单因为这个我也不能给她四百。我从钱包里抽出三张一百元的钱,递给宋露露,对她说:"先拿这些吧,我还得留点吃饭呢。"

九

当晚,我给老迟打了一个电话。他已经睡下了,被我吵醒很不高兴。我把约宋露露的事说了一遍,老迟极其刻薄地总结了几条。

一,未遂。指我想和宋露露睡觉,而未能如愿以偿。

二,未遂的原因,是没有和他老迟结伴

而行(像上次)。

三,宋露露把我当成冤大头了,她在敲竹杠,也就是讹诈。

最后老迟恶毒地说:"那孩子肯定是她的!"

我深知我的老友,不过是因为我打搅了他的好梦而心存不满。过了一会儿,老迟的语气有所缓和,他说:"不过也很难说,没准儿她真是孩子的小姨呢?"

我说:"我也这么想,她有什么必要骗我呢?尽管是干那行的,我们也不能随便就怀疑人家呀。"

老迟说:"说得没错。"

我说:"反正是好事做到底,我又给了她三百块钱。她总不至于再来找我吧?以后我也不会再呼她了。"

老迟说:"这也算是一个圆满的结局。她怎么想是她的事,我们该怎么做还是怎么做。"

我说:"三百加上上次的四百一共

七百，就算我花七百块钱打了一炮。在北京也得这个价，我也没吃什么亏。"

老迟夸奖我道："你可真是想得开！"

通话完毕，我便上床睡觉了。虽然没有做爱，我仍然睡得十分香甜，在我的睡眠史上甚至都是十分罕见的。

十

由于宋露露这头已断，我重新面临女人的问题。这期间李薇多次打电话给我，我差一点就答应和她见面了。她不断向我施压，恰好又在这样的当口，我真担心自己心肠一软，那就后悔莫及了。

克服危机的办法是和老迟他们打牌，玩一种叫"找朋友"的游戏。叵找来找去都是男人，真是让人绝望啊！有时我们也谈女人，那不过是画饼充饥。老郭、老栗会问起我和李薇的进展——他们不知道宋露露这段插曲，每当这时老迟的脸上就浮现出极其诡秘的笑容。

由于某些不可告人之事的存在,我和老迟的关系自然格外亲密。有老郭他们在场时只是打牌,当我和老迟单独相处,牌是打不成了,但我们也不玩任何二人游戏(如下棋)。通常是我们在街头闲逛,打量着夜幕下形状各异的女人。我们任凭两条腿将自己带向一个地方。终于有一天,我们再次踏进了乘风破浪。

刚一落座,就有一位服务小姐走来对我说:"那边有一位小姐找你。"这不可能吧?我环顾四周,发现服务小姐的确是在和我说话。"找我?"我说。"是,进门靠左的那桌。"她说。

我跨过舞池前往门边,心里在想:到底是谁呢?我想到了多种可能,甚至包括李薇,但就是没有想起宋露露来。

后者在一张桌子后面正向我招手——穿着一件鲜黄色的背带裙,与半个月前相比,简直恍若两人。宋露露仍然带了一个同伴,但不是胖子。那不是胖子的女孩儿甚至很瘦,穿一身银灰色的套裙,脸色也是灰灰的。宋露露介绍说:"这是我一个朋友。"我友好地和她打了招呼。

宋露露问我有没有香烟。我给她俩各发了一支烟,殷勤地为她们点上火,并将剩下的半包三五留在了桌子上。宋露露让我坐下聊聊,我说:"不啦,那边还有一个朋友。"宋露露说:"叫过来一起坐嘛。"我说:"算啦,他是老实人,不习惯这个。"

回到座位上我告诉老迟,是宋露露。他说:"还好,只敲诈了半盒烟。"我说:"但愿如此。"我们正在议论这件事的时候宋露露过来了,她说她们要走了,问我能不能把她送到门口。我无以推辞,再次经过舞池送她和穿灰色套裙的女孩儿出去。后者很机灵地先下楼去了。宋露露这才告诉我她们要去七星夜总会,问我能不能给她五十块钱打车。我的钱包里没有五十的,只有一百元的整钞。我正想以这个理由拒绝她,宋露露已捏住了其中的一张。她说:"一百的也行,正好够来回的。"她不仅眼明手快,思维也异常敏捷——宋露露暗示我她还要回来,用剩下的五十块钱打车。我稍一麻痹,一百元钱已不翼而飞。宋露露飞奔下楼,为防止我的追击她一面走一面说:"你们什么时候走?一定要等我回来啊!要不我到你住的地方?你等我电话噢……"

十一

不用说,宋露露没有回乘风破浪,也没有去我的住所,更没有打电话给我。这一夜我通宵失眠,在床上辗转反侧,直到天亮。

十二

我觉得是彻底了结此事的时候了。再不可优柔寡断,自作多情,以为能唤起对方的天性良知。看来只有恢复到冷酷而真实的嫖客,我决定不再扮演老迟那样虚情假义的文人。我要让宋露露知道我是谁,并知难而退。俗话说:行有行规。看来例外的奇迹是不存在的。

计议已定,我给宋露露打了一个寻呼。我没有提昨天她失约的事——虽然她急于解释。我只是简短地要求(命令)她来一趟,并申明了我的目的——"做一把"。最后我警告她说:"这次你可别再捣什么鬼啊!"宋露露撒娇道:"我什么时候捣过鬼的?……"没等她说完我就挂了电话。

我没有像上次那样去云南路口接人,宋露露来得也很迅速(看来态度的转变起了作用)。二十分钟后我的门铃发出小鸟般悦耳的叫声。打开门后——噢,我真不敢相信——她竟然又带着那小女孩儿一起来了!可怜的孩子竟然还认识我,拉着我的衣角不住地喊:"叔叔,叔叔。"我被失望和愤怒的情绪所攫住,一时间竟不知道如何回答。

"爸爸,爸爸。"孩子换了一种称呼继

续叫道,使我更加地烦躁起来。

"她喊你爸爸呢!"宋露露欣喜地说。"小孩儿聪明是聪明,就是分不清人,哪个对她好她就喊哪个爸爸。"

我冷笑道:"她的爸爸当然多啦!"

宋露露并不着恼,很高兴地说:"她爸爸多,妈妈也多。她妈是她妈妈,大姨是她的太阳妈妈,小姨是她的月亮妈妈……"

听她这么说,我真是无比绝望。难道又像上次那样,整晚围着这孩子打转?我下定决心,不让这天伦之乐的一幕重演。我甚至连一杯水都没有给她们倒。

宋露露自有办法,她啪的一声打开电视机,孩子立刻被吸引住了。她连哄带骗地将孩子安顿在沙发上看电视,完了跑过来安慰我。这时我已进了卧室,斜倚在床头抽烟。宋露露进来坐在床沿上。"哎,想什么呢?"她说。话音未落,孩子在客厅里哭叫起来:"妈妈,妈妈,我要妈妈。"宋露露风一样地奔出去,一面骂道:"死丫头!好好看电视！不然的话我就把你留在叔叔这块了……"接着是一串极轻柔的温言婉语，听不太清，孩子因此安静下来。宋露露再次回到卧室，侧着脸，显然心思还在孩子身上。过了一会儿，孩子又叫"妈妈"，她再次跑出去，不过动作比上次已缓慢了许多。这样几次三番后，孩子渐渐地适应了，独处的时间变长，宋露露的安抚也由亲自出现变成了声音遥控。最后她带上卧室的门，吆喝之声穿透门板增加了一倍的音量，震得我的耳膜嗡嗡作响。

她转过脸来意味深长地看我。虽说我决意当一个真正的嫖客，但这样的场面也未曾见过。宋露露问："你不洗洗手脸吗？"我知道她的意思是让我洗屁股。我同样知道，洗屁股的提示并不是真的洗屁股，而是说我可以和她"做一把"了。和她一样，我惦记着外面的孩子，但如果不做，这事又该如何了结呢？于是我们就做了一次。和上次不同，宋露露没有要求关灯（怕卧室一黑引起孩子的恐慌？），而且令我十分意外地将自己脱了个精光（为加强刺激好让我结束得快些？）。其实何须如此？我们正做时孩子又叫了一次妈妈，宋露露的呻吟声立刻转成高声喝骂，在此情形下我又如何能够长久呢？

十三

我们又来到外面的街上。不同的是，这是一个晴朗的晚上，时间也不算晚，街上有不少行人。尤其是云南路口，车来人往，沿人行道两侧还摆出了一些小吃摊。

我本来是不准备下楼的，宋露露坚持让我送一段。分手在即，她显得依依不舍。千言万语最后凝成一句话，她说："能不能再借四百块钱给我？"四百，恰好是一次的嫖资，但宋露露使用了"借"这一说法，说明她还是认账目的。

我自然心中有数，知道我们一共做了两次，而她已经从我这里拿走八百块钱了。

第一次当时结账,是明白无误的。后来,她分两次"借"走了四百(一次三百,一次一百),而我们什么都没有干。除非她将四百块钱还我,我再如数给她,但这又是何苦呢?从账目上说,现在我和她是两不亏空。如果我再借四百给她,那她不是还欠我一次吗?如此循环下去,我们之间的事又如何是个了时?因此我对宋露露说:"我没有钱,目前手头紧得很,下次再说吧!"

宋露露说:"那不行,你得给我四百。"她既不提这四百块钱的用途,比如去喝喜酒,也不点明刚刚我和她做了一次爱。只是坚持我必须给她四百。

我则强调不是我不给她,而是没有钱,手头拮据,也不说破她根本没有理由向我要钱。我们就这样站在路灯下相持着,争执的声音渐渐变高。街头闲荡的人逐渐围拢过来了。

我告诫自己必须挺住。四百块钱事小,此头一开,往后就不可收拾。虽说我是一个体面的生意人,面临作为嫖客扭送派出所的危险,但对方作为妓女就那么的无所顾忌?她手牵孩子,作为掩护,难道我不同样也能利用这点吗?我索性掏出钱包,扒开内层,对宋露露说:"看见了吧?我没有钱。这点零钱还要留着吃饭呢。最多再给你十块钱打车,你要就要,不要拉倒!"

第一次我送宋露露出来时,我们是一对热恋中的情人(她怀抱一枝巧克力玫瑰)。第二次,我们是感情甚笃的两夫妻(我抱着孩子,她撑着雨伞)。而如今(第三次)我们的关系已经破裂,竟不顾体面地在街头争吵,而且是为了钱。想到这里我不禁悲从中来,声音竟然有些哽咽了。

宋露露终于不再坚持。她收下十块钱,一手拉着孩子,爬上了一辆夏利。临行前她摇下车窗,挥手向我作别——显然已经想通了:自己并没有吃亏,甚至还赚了十块钱打的费。既然她这么想,那就再好也不过了。

十四

我给老迟打电话,告诉他:"这回我看清了,她肚子上有一道疤,直直的,从肚脐直到阴阜。"老迟说:"那是剖腹产留下的,我前妻的肚上就有一道。"我没有理由不相信老迟,因为他离过婚,因为他有一个儿子,已经上小学了。

"孩子是她的再无疑问。"老迟毫无必要地补充道。过了一会儿,他也告诉了我一个秘密:李薇给他打过电话,约他出来喝茶。"本来我是不想说的,怕影响你的情绪。"老迟说,"不过你放心,我没有赴约,婉言拒绝了。"

他以为我会很在乎。但是,我在乎吗?也许并非如此。我只是觉得,这个世界真是乱了套了。

1999年8月6日至1999年11月30日

归宿在异乡

老丁打电话给我,说胡敏回来了,带着她的"可怜的托马斯"。胡敏想请我们吃晚饭,地点就在酒店的二楼餐厅。老丁问我去不去。我说:"那还用问?"倒不是因为半年没见胡敏了,而是我想看看那个托马斯。他不仅是托马斯,而且还是"可怜的"。胡敏这么说真是太有意思了。

我和老丁都是胡敏的朋友,大家在一起来往至少也有七八年了。胡敏的角色几经变换。开始的时候她是我们的"嫂子",因为老袁比我们都大。和老袁分手后胡敏和小马谈恋爱,后者的年龄比我们要小。我们经常和胡敏开玩笑:"你怎么这么不长进啊!放着嫂子不当，却要做我们的弟媳妇儿！"胡敏在圈子里流连不去，唯一的目的是想找一个人结婚。然而，这对她并非易事。虽然圈子里的朋友纷纷落网，但一谈到结婚，大家又都退避三舍了。唯一和胡敏无染的就是我和老丁了。我是因为身边不缺女孩儿。老丁则早在老袁以前就已经认识胡敏，甚至于胡敏都是他领到圈子里来的。他们之间的关系就像亲戚。

　　胡敏虽然阅人无数，但一直没能结成婚。大家对她的评价是：根本不适合婚姻生活，更别谈做贤妻良母了。胡敏天生只能当别人的情人，能闹、能折腾、喜欢花钱、习惯享受。她的脾气还特别的大，常常控制不住自己的情绪。有人认为她有心理问题，不是完全没有道理的。一次胡敏将一只瓷实的玻璃烟缸扔向小马，后者的头上立刻鼓起一个鸡蛋一样的大包。烟缸落地后并没有破碎，甚至连一道裂痕都没有。胡敏只是问了句"疼不疼呀？"算是向小马道歉。这样的事对他们而言的确是家常便饭，算不了什么的。我们看得触目惊心，胡敏却一笑了之，因为那时她已经平静下来了。

胡敏并不是一个凶狠霸道的人，她只是不善于控制自己。她对自己同样也是严厉的，严厉到要将自己杀死的地步。胡敏自杀过好几次，几乎每次和男朋友分手她都试图这样做。因此胡敏的每次恋爱都是认真的，同时也是悲壮的——结不成婚毋宁死。虽然每次她都抱着必死的信念去恋爱，但还是都一一失败了。试想，如果只准成功不准失败的话，谁又敢和她恋爱呢？特别是目睹了胡敏自杀未遂的惨状后就更不会有人冒险一试了。她姿势优雅地倒在煤气罐旁，两只灶头都被拧开了，正滋滋地冒着难闻的煤气。胡敏住处的防盗门硬是用太平斧给砍开的，警察进去的时候她已经不省人事了。另一次没有报警，我们几个上到楼顶，商量着怎么进入胡敏的卧室（当时她把自己关在里面已经一周了）。最后老丁的腰里系了一条晾衣绳，我们提溜着将他悬下楼顶。老丁以极其危险的姿态翻上胡敏的阳台，继而来到她的卧室内。胡敏早就饿昏过去了。

　　七八年来，胡敏在恋爱之余也做过不少事情。她画过画，写过小说，设计过服装，开办过女子人才中心，开过饭店、酒吧和一家鲜花店。她画画、写小说是因为我们这个圈子是由舞文弄墨的人组成的，充斥着所谓的作家和艺术家，在与他们的交往中胡敏不禁受到感染。后来，从她的履历看，胡敏进入了一个生意圈子。进入生意圈后胡敏并没有忘记我们这个艺术圈，她来往跳跃于两个圈子之间，忙得不亦乐乎。我们见到她的时候变少了，有时她会消失很长时间，几个月，甚至一年。然后她又出现了，稍微胖了一点，老了一点，眼角的皱纹明显了一点，同时身上的衣饰也更华丽贵重了一点。看得出来胡敏比以前更有钱了。她对我们说，将来一定要赞助艺术家，投资文化事业。胡敏的意思是要把我们这帮人全都养起来，或者提供某种必要的经济援助,这是她的未来目标。她的另一个目标——结婚,自然是服从于此的。于是胡敏的男朋友开始变成了银行家、企业家、总经理、个体户和高级白领。她彻底离开了老袁(作家)、小马(画家)、建宏(记者)、鲁鲁(音乐台主持人)……这一系列。但无论是艺术家还是企业家们都一致认为:胡敏不是一块当老婆的料,天生只能做别人的情妇。这让结婚心切的胡敏真是悲从中来啊!

有人说胡敏这样的女人不适合在中国生活,要是在美国,就没那么多的麻烦了。胡敏的个性比较不像中国人。这么说的家伙显然是在恭维胡敏。胡敏显然很赞同这样的说法,可见她对在中国生活已经绝望了,具体地说是对在中国嫁人已经绝望了。胡敏告诉自己,她是不适合中国男人的,不适合做他们的老婆。大约就是从这时候起胡敏开始踏入她的第三个圈子。这个圈子主要由留学生、外籍教师、来华经商者、翻译、导游和各类涉外人员、绿卡持有者和护照持有者组成。胡敏进入这一圈子后并没有中断与以前圈子的联系，只是她出现的次数更少了，停留的时间也更短。每次都是急急忙忙的，像是有什么重要的事等着她一样。

胡敏完全离开时并没有人察觉，她是逐渐"淡出"我们的圈子的。直到一些关于她的传闻反馈回来，我们这才意识到她已经不在了。胡敏离开了南京，远走他乡了。并没有人感到特别伤感，尤其是那些和胡敏有过一腿的家伙。这年头，来来去去的太多了，很正常，大家已经见惯不惊。况且胡敏是出国去了，去了美国或欧洲，她离去的方式是最俗的那种。要是她遭遇了什么不测，或者出家当尼姑去了，那倒值得一说。

据说胡敏是出国相亲去的，有人给她介绍了一个老外。那家伙千里迢迢地到中国来找老婆，想必是有一些问题的。有人说他是侏儒，也有人说是坐轮椅的。但即使对方身体健全多半也有其他的问题，弱智，或者年龄六十岁以上。就算事情是这样的,那也不是最坏的。最坏的是碰上了骗子,如果那样胡敏可不就人财两空了?后来我们已分不清什么是传闻,什么是大家的推测。在我们悲天悯人的想象中,胡敏已流落于某国繁华都市的街头,靠乞讨为生,或者做起了皮肉生意。还有一种可能:胡敏已经不在人世间了。

直到半个月后胡敏自巴黎给我来信,我们这才放心。她不仅活着,而且就要结婚了。胡敏没有讲述这段姻缘的来龙去脉,只是顺便提到,那人叫托马斯。信的主旨也不是报喜,重点在描绘她来巴黎后的心情感受。信写得很长,事无巨细,通篇都在赞叹法国的美丽和成就。它的建筑、文化、自然,它的空气,无一不是胡敏梦寐以求的,"比梦见的还好"。到巴黎一看,"以前都是白活了"。请原谅胡敏的言过其实。如果有人夸大她可能遭遇的危险,说她"已不在人世"了,胡敏完全有理由炫耀自己的幸福。如今她住在托马斯的家里,他的父母什么活儿都不让她干,真是一对善良和蔼的老人啊!他们的儿子每天陪着她游逛,教她学习法语。胡敏的自我感觉就像是"他们家养的那只花猫"。最后,胡敏让我给她寄一些中文书刊去,由于时间关系她目前还不能阅读当地报刊。

由于寄费很贵,胡敏要的书刊我一直拖着没寄。不久,她来了第二封信。这封信不长,是写在一张印着法国风光的明信片上的。胡敏说她现在常常"发作",她说:"我的可怜的托马斯一点也不明白我这是怎么了。"看来初到巴黎的新鲜劲儿已经过去了,他们的关系正面临考验。胡敏的前程看来得再次毁在她的脾气上。即使托马斯是地道的法国人,也会得出与中国男人一样的结论:胡敏不是一块做老婆的料。这是早晚的事。几乎所有的朋友听说她目前的处境后都断言不妙,因为人性无论在哪里都是相通的。这之后,大约半年时间没有胡敏的音信。我们推测她和托马斯已经完蛋了,至少已进入最后的善后阶段。说不定胡敏已流落街头,靠乞讨为生,或者做起了皮肉生意。要不,已经不在人世了。有关胡敏的议论又回到了当初,似乎她的结局不是很惨我们就不相信似的。然而胡敏却突然回来了,带着她的"可怜的托马斯"。

我和老丁走进餐厅时他们已经在座了。胡敏还是老样子,气色不错,她的脸稍稍有些浮肿,头发烫得很蓬松。她身边的外国小伙子显然就是托马斯了。托马斯很年轻,甚至也很漂亮,只是个子不算很高,但依然是欧洲人那样结实粗壮的身体。胡敏对双方进行了介绍。托马斯不懂中文,他很认真地听着胡敏的翻译,一面点头一面用灰色的眼睛友好地看着我们。

老丁问:"这就是你的'可怜的托马斯'吗?"他和胡敏通电话时已经以此为题开了半天玩笑。这会儿胡敏说:"你们可别这么说了。我已经告诉托马斯,他老是问我,为什么是'可怜的托马斯'?他老是重复这句话,可怜的托马斯可怜的托马斯,把人都给烦死了。"托马斯满脸疑惑地转向胡敏,那副表情就像一条狗听见有人说它的名字。作为人的托马斯一副动物般天真的表情让我们忍俊不禁。老丁兴奋地说:"太好了!太好了!"胡敏问他何出此言。老丁说:"我们本来以为你的托马斯无论如何都会有一点问题的。"在啤酒的作用下他不禁将关于胡敏的种种流言和盘托出。"你的托马斯挺好,不是一个残废。他今年多大?……七〇年的?比你还要小一岁?显然他不老,当然也不傻,不过,他看起来真的很天真哎。他妈的,老外就是比中国人大真!"

我完全赞同老丁。不过,我们不能再夸了。再夸下去就有了骂人的意思,就像是说托马斯是一个傻逼,唯其如此才会看上胡敏的,并决定娶她为妻。这不仅是在骂托马斯，也是在贬低胡敏。我们完全可以换一个角度理解此事：只有托马斯这样天真单纯的人才会发现胡敏的一切可爱之处，而不去计较细枝末节。碰上托马斯是胡敏的幸运。

我们不断举杯，为胡敏和托马斯祝福。"太好了！太好了！你终于找到自己的归宿了！"我们对胡敏说。对方也很兴奋，将我们的话一一翻译给托马斯。托马斯逐渐地明白过来，很高兴地点头。老丁甚至说出了如此语重心长的话："胡敏啊，你一定得好好珍惜呀！"胡敏很骄傲地说："谁怕谁啊！"她的意思是不怕托马斯离开，倒是后者会担心她。能说出这样牛逼的话来，即使是开玩笑，也说明胡敏的状态很放松。而人一旦落入舒服的放松状态，就诸事顺利了。

"你们是怎么认识的？"老丁冷不丁问。胡敏面不改色，向我们讲述了她与托马斯的相识过程。"真是太巧了！"她说，下面便是这个听得我们唏嘘不已的故事。

胡敏到巴黎的第三天，去逛一家商场。

这家商场非常之大,大得使胡敏找不着出口了。语言不通,加上她没戴眼镜,情急之下胡敏拉住一位法国小伙子求援。后者示意她跟着自己,他把她领出了商场。这之后他们并没有马上分开,而是就此聊了起来。小伙子请胡敏吃饭,两人继续瞎聊。这些都集中发生在某天的下午、晚上和深夜,事情并没有到此结束。由于夜已很深,开往某地的最后一班地铁已经出发了,小伙子因此回不去了。于是他跟着胡敏,来到她的临时栖身之所——一家专门接纳穷人的廉价旅店(房间被分隔成许多小空间,每个空间里只容纳一张床位,但有上下两层)。胡敏请小伙子睡在上铺上。"他不是一个乱来的人,那天晚上我们相安无事。"胡敏如是说。第二天恰好胡敏租用的床位到期,小伙子问:"你还有没有别的要去的地方?"胡敏说没有。他又问:"你愿不愿意去我家里?"胡敏回答愿意。这样她便跟随这个叫托马斯的小伙子回到了他在巴黎郊区的家中。

胡敏告诉我们,托马斯已经将他们的故事上网了。他每天都在写,因为,他们的故事每天都有发展。无论胡敏所说的可信度如何,反正现在他们是快乐的,甚至是幸福的。老丁不禁感叹道:"你真是太幸运了!"胡敏面露不悦之色:"是我幸运还是他幸运?"老丁马上纠正自己的说法:"你们两个都很幸运。"胡敏说:"这还差不多!"

在我们的理解中,胡敏临走前夕已经穷途末路,混不下去了。她因此来到法国。要是没有在商场里遇见托马斯,或者遇见的不是托马斯,那她又将怎样呢?胡敏看出我们的意思来,说:"我们刚在一起的时候他有大麻烦。"她几次欲言又止,最后还是说了:托马斯吸毒。当胡敏遇到他的时候他还在吸,后来由于爱情的力量终于戒除了。她帮他戒了毒,就是这么回事儿。虽说法国的戒毒条件比国内不知要好多少倍,但最终能戒掉还是一件了不得的事。如果事情真是这样的,那就更好了。不仅胡敏需要托马斯,托马斯同样也需要胡敏,这总比只是胡敏需要托马斯要好得多。而且他需要她一点也不亚于她需要他。能戒除毒瘾当然是获得了第二次生命,而胡敏漂泊半生终于有了一个归宿。看着这一对情侣,虽然年轻却历经沧桑,相拥在一起却跨过了千山万水,我不禁有些热泪盈眶了。

实际上他们两天以前就回了南京。胡敏领着托马斯见了不少人,都是她的朋友和熟人。她特意将我和老丁安排在最后一天,而且,只是我和老丁,没有别人(除了她和托马斯)。见完我们他们便可结束南京之行。可见胡敏十分看重她与我和老丁的友谊。

说起两天来的活动,胡敏直皱眉头。整天乱哄哄的,见人、吃饭、喝茶、聊天。由于语言关系,托马斯很少开口,两个人的话都让胡敏一个人说了。她还得来回翻译,嘴巴动个不停。更要命的是胡敏夜里睡不着觉,或者噩梦连连。只要一闭上眼睛她就会看见一张又大又扁的脸。脸的主人叫林云志,胡敏出国以前追求过她的一位气功师。"我们之间什么都没有,"胡敏说,"但是我一睡觉就会梦见他,他的那张脸,真的很恐怖。我也不知道是怎么回事儿。这个人的确有些邪门。"胡敏告诉我们,一次她去上海,为了摆脱林云志的纠缠把手机关了,居然他能打进来。当时胡敏就吓蒙了。我说:"肯定是你以为关机了,其实没关。"胡敏坚决否认。

"这一次,"她说,"他居然把电话打到宾馆里来了。他是怎么知道我回来的?真是莫名其妙!"我安慰胡敏:"你可不是一般的人,回来的消息南京城里无人不知。"胡敏说:"连我们自己都不知道,什么时间到达,住什么宾馆,一走进房间居然电话响了,是林云志的!"如果事情真的如胡敏所言,的确有些怪异。难怪她后来睡不着觉了,而且夜夜梦见林云志的大脸。我分析道:梦见林云志的脸是因为他的那个电话,而他的电话也许是个巧合。正如我上面所说，胡敏回来的消息不胫而走，林云志完全有可能得知。在知道胡敏已回南京的情况下他打电话给各个宾馆，查找胡敏。当林云志查清楚以后将电话打进房间，而这时胡敏、托马斯恰好进门（他们在电梯或走廊里耽搁了三两分钟）。这样一想也就不奇怪了。

"可他打手机的事怎么解释？"胡敏问。我正待开口，"唉——"胡敏长叹一声说，"南京这地方和我犯冲，我一回来就不对劲，烦死了！要是南京容得下我，我又何必千里迢迢地去国外呢？烦死了！烦死了！烦死了！"

她告诉我和老丁，昨天吃晚饭的时候她突然晕了过去。虽然只是很短的时间，但把托马斯吓坏了。自然是举座皆惊。幸好胡敏是靠墙坐的，没有磕破脑袋。回到房间后她泪如雨下，一个人哭了半天。她说自己一点悲伤都没有，就是控制不住，那种懵懂的感觉是很难加以形容的。胡敏将此归咎为林云志，认为是他在施行妖术。我安慰她说:"邪不压正。你应该觉得他伤害不了你。姓林的玩的是邪门歪道,是阴的东西,而你光明正大、堂堂正正,你是阳的。你应该觉得你比他强,强多了,他根本不是你的对手。如果你这样想,这样相信,那他就没有办法了。"

胡敏欣喜地说:"哎呀,怎么你跟托马斯说的是一样的?"她转向托马斯,显然是在翻译我刚才说的话。只见托马斯频频点头,眼睛热情地盯着我。完了他手舞足蹈讲了一通,显得很激动,我甚至觉得他的眼圈都红了。胡敏告诉我们:"他说,你们是他来中国后最喜欢的朋友。他感到很遗憾,没法与你们直接交谈。"我赶紧说:"我们也是。"并让胡敏将这话翻译过去。

一时间我们都很激动。倒不是在某些问题上达成了共识,而是我们都将胡敏看成了保护对象,都希望她好。托马斯感动于我和老丁对他未婚妻的真诚关爱。我和老丁则为托马斯收留并珍惜我们多年的朋友而充满感激。由于共同的爱憎,大家之间的情谊显得更加真实和可靠了。

饭后大家去了我的住处,也是胡敏的故居。此话怎讲?当年,老袁和胡敏就是在这所房子里同居的。他们分手后胡敏就搬出去了。直到去年老袁去了南方,将房子交给我代管。得知我现在住着老袁的房子,胡敏定要领托马斯去看看,那可是她生活和热恋过的地方啊,她本人也有很多年没有回去过了。

上楼的时候胡敏的神情变得很庄重。进屋后,我给他们倒了水,然后去回一个电话。老丁喝多了,靠在沙发上闭目养神。胡敏则扶着托马斯在房间里转悠,一面用英语讲着什么,多半是回忆逝去的时光。他们在卧室门前站住了,面对着那扇木门,上面贴着一张火炬图案的剪纸,还是胡敏搬过来的那天她亲手剪的呢!书房门上也有一张剪纸,图案是一颗巨大的泪滴,也是胡敏亲手剪出并贴上去的。这里的桌椅板凳橱柜甚至床垫无一不是当年的,是胡敏时代的东西,难怪她喋喋不休地说个没完呢。我虽然已经打完电话,但没有马上起身。我不想打扰他们。直到老丁在客厅里弄出响动,看来他睡醒了。

大家回到桌边,坐在一起说话。老丁旧话重提,说起胡敏的恶劣情绪。他的问题是:托马斯怎么受得了的?难道就因为他是老外?就因为他天真?胡敏无所谓地说:"他已经习惯了。"胡敏告诉我们每当她发作的时候托马斯就去一边吸大麻,反正不跟她吵。这样他会好受一些。我问胡敏:"他还没有戒掉吗?"胡敏说:"大麻算不了什么,没事儿的,在他们那里很普遍。"老丁这时嚷嚷道:"我从来没有抽过大麻,很想试试。托马斯带了吗?"胡敏说:"我来问问他。"她转向托马斯,说了些什么。后者微微而笑,然后从怀里掏出了一个神秘的小圆盒。

托马斯开始卷大麻。老丁激动地等待

着，睡意顿消。他问我抽没抽过大麻，我说抽过一次，但没有任何感觉。老丁又问胡敏：抽不抽大麻？胡敏说她不抽，而且也反对托马斯抽。后者抽大麻时从不当着她的面，但她知道他是抽的。像今天这样的情况是绝无仅有的，她主动要求他拿出大麻来，当着她的面与别人分享。由于胡敏的破例，托马斯显得特别高兴，就像受到大人鼓励的孩子一样。我和老丁自然也很兴奋，因此虽然夜深人静，气氛却是异常热烈的。

托马斯卷好一支大麻，递给老丁。后者点着猛吸两口，然后作出一副静候的模样。两三秒以后，甚至烟缕还没有从鼻孔处散尽，他就说："我一点反应都没有。"我们劝老丁"再等一等"。然后烟卷就到了我手上。我吸了两口递给托马斯。托马斯吸完越过胡敏，烟卷又回到老丁那里。老丁力求得到某种明确反应，所以抽得比谁都猛，并且整个时间里烟卷待在他手上的时间最长。我则是烟卷路过时吸上一口。托马斯的姿势既随意又优雅,就像是在抽一支普通的香烟。他轻巧地弹去烟灰,掉转烟卷递与老丁,一面十分亲切地看着对方。老丁离开了椅子,开始在房间里徘徊。他一面晃动一面喃喃说道:"我一点反应都没有,一点反应都没有,咦,这是怎么回事?"我们就反驳他,认为这就是反应。胡敏说:"你能不能坐下来啊?转得我头都晕了!"老丁遵命坐下,不一会儿就约束不住自己,又站起来转悠。这时他也承认这是大麻的反应,觉得自己特别的舒服。

　　我则坐在桌前一动不动,觉得自己连思维都停止了。当然我很清醒,并且尤其清醒,只是不再想事情。我意识到自己的存在,整个身体完全彻底同时是细微末节的存在。所有的声音听起来都那样的清晰、完美,和以前不一样了。眼前的一切都在放光,熠熠生辉,即使是那只破旧的五斗橱上也附着了一层毫光。除此之外我感到了冷。这种冷若在平时是可以忽略的,此刻它在我的脚部、踝骨和胫骨附近,一直冷到了骨头。这么说并不是指冷的程度,而是说冷的感觉如此的清晰确切。这样的冷不是难以忍受的,而是确凿无疑的,令我十分愉快。而我感到的饿也不是真正的饿,是食道和胃的自我感觉或被感觉。我感觉到所有的这些,我的内部和外部,但我并不能感觉到我的思想、念头和心事。似乎将我的思想、念头和心事加以排除便是真正纯粹和物质的我了。我坐在那里,一言不发,但感觉不到冷场带来的尴尬。我甚至都意识不到别人的存在。在我此时的感觉中老丁、胡敏和托马斯正被逐渐地分解,成为纯粹的声光现象。这是我乐意看到也无法阻止的。

第二天中午胡敏从宾馆打来电话,向我道别,说他们回她的老家结婚,完了可能就不回南京了。胡敏的老家距南京大约五个小时的车程。她问我和老丁想不想随他们一起回去,参加她和托马斯的婚礼。我说倒是非常愿意，可惜还得上班，想必老丁也是一样。"那就不要勉强，反正我们已经聚过了。"胡敏说。她代托马斯向我们问好，说他觉得和我们特别亲近，因为在一起抽过大麻了。我也请胡敏向托马斯转达了我和老丁的问候。

　　十几天以后，我再次接到胡敏的电话，她告诉我一切顺利，她和托马斯已经把婚给结了。她妈欢喜得不得了，对这个女婿非常满意，整天给托马斯做好吃的。托马斯吃得很高兴。没事的时候，胡敏总是挽着托马斯的胳膊，在家乡的街道上散步，常常引起围观和路人的侧目。毕竟是小地方，这也难怪。胡敏讲了一个笑话，说托马斯爱吃糖炒栗子，她妈就去街上买。卖糖炒栗子的大妈对她妈说："算你有眼力，买我家的栗子。连外国人都觉得我家的栗子炒得好，每天都来买。"胡敏她妈骄傲地说："外国人是我女婿。"

　　胡敏的情绪很好，电话里的声音也异

常清晰。我问胡敏:"你们还在老家?"她说:"不,我们已经回巴黎了。"我说:"不像。我怎么觉得你还在老家呢?"胡敏说:"我们确实已经在巴黎了,我怎么证明给你看呢?"我说:"不用证明了,巴黎就是你的老家。"胡敏咯咯地笑起来,说:"你算说对了,我再也不会回去了。如果有机会的话,欢迎你和老丁来巴黎做客!"

2000年6月5日至2000年6月20日

挟持进京

一

袁义打电话给我,说郑一川最近要回国。他准备从北京走,然后回成都。袁义问我要不要来北京一见。我说:到时候再说吧。袁义说:一川一周内准到,你要到什么时候再说呢?他的意思是让我马上决定。

说实话,我并不想去北京见一川,没有那样的冲动。我们分别已经十二年了,我早就做了准备,永世不再见面。不是说我和一川之间有什么过节,恰恰相反,当年我们是非常要好的朋友。我和一川住一个宿舍。袁义是从我们学校毕业的,常来串门。一度我们三个关系亲密。可事过境迁,再来补续前缘不是我的习惯。这方面我有些冷漠和不近人情。

袁义一直留在国内,但我们的距离也不算近。若不是每过一段时间他就给我打一个电话,这个朋友恐怕也已经失去了。我从来没有主动给袁义打过电话,因为时间和距离,还有职业关系,不知道说什么是好。

通过上面的叙述,你大概已经看出我的问题来了。总之,我变得越来越古怪。袁义他们一直在试图"挽救"我。他们想把我"拉出来",和大家在一起,好吃好玩,快快活活开开心心的,就像当年一样。

此刻袁义力劝我前往北京。与老朋友见面事小,帮助我脱离苦海事大。或者说与帮助我脱离苦海相比,老朋友的欢聚并不是那么重要的。

要知道无论是袁义还是一川,对我都有极深厚的兄弟感情,这也正是我不敢面对的东西。

虽说我并不想去北京,但也不便就此拒

绝。袁义正是抓住了我的这一弱点。他说一川二十五号到北京，他二十一号去上海，开一个会。回北京时他准备从南京走，和我同行。

同行，说得动听，不过是挟持而已，或者说是押送。袁义问我怎么样。我说：等你来南京再说嘛。我总不至于会不让他来。南京是我的家乡，我的地盘，有什么理由拒绝袁义来此做客呢？袁义一向善于抓住我的弱点，紧追不舍。

你到底去不去？赶快决定。要是你不去我就不来南京了。

赶快决定，我好订票，临时购票可能就来不及了。

这样，在万般无奈之下我去了北京。一切都是按袁义的计划进行的。他去上海，他来南京，和我见面、吃饭、喝茶、拿机票、联系去机场的汽车。最后我们终于登上了去北京的飞机。我和袁义的座位紧挨着，他坐外面，我坐里面。安全带束住了袁义肥大的肚皮，使睡着的他不至顺着座椅下滑。我可怜的朋友,终于可以放下心来了。

二

我们是二十三日抵达北京的。我被安排在燕京饭店里,等待一川一家的到达。袁义回家住。他白天上班,晚上到饭店来,陪我吃饭、聊天。

二十五日,也就是一川一家抵达的那天,我换了饭店,由燕京转到了中山。当然越换越高级了。这一举措是为了迎接一川的到来。届时,我们将住在一起,袁义也将住到饭店里来。我们将通宵达旦地喝酒、忆旧,无所不为,这是可以想见的。

袁义由于工作太忙,换饭店时没有亲自出面,而是让他的司机为我办理了一切。

下午,袁义从公司打电话给我,问我去不去机场接一川。我说:"算了吧,我就在饭店里等着。"这次袁义没有勉强我。四点左右,他亲自驾车去机场,迎接一川一家。

同行的还有小鲍，袁义新婚的妻子。这是两个老朋友之间的久别重逢，也是两个家庭的首次见面。我孤身一人，没有去还是正确的。

我在中山宾馆里等消息。其间有一个电话打进来，对方称自己是袁义所在公司办公室的，说是袁总交代的，让我换到十四楼去，房间会好一些。他解释说：上午来的时候十四楼没有房间，这会儿有了。让我去下面的大堂办理手续，他在那儿等我。

我说：不用了，不用了，这儿已经够好的了。对方也不勉强，挂了电话。

这一插曲勾起我的好奇心。过了一会儿我独自溜进下面的大堂，看房间的牌价。我住的这种规格每天八百八十元，一川一家入住的房间（已经安排好了）每天两千八百八十八。好在他们一家三口，人均花费和我差不多。而刚才让我换的房间，是和一川他们同一规格的，也是两千多。这是何苦来呢？

当然住店不用我们掏钱，都记在袁义的

账上。回想起这两天在饭店餐厅里吃饭,我也都是签单的。这在我还是第一次,开始颇不习惯,后来竟然越签越爽,来劲了。袁义工作繁忙,有时不能来陪我吃饭,我就打电话给北京的一些写东西的朋友,让他们到饭店里来看我,我请他们吃饭。我对他们说:只管点,反正是签单,不用自己掏钱的。于是这帮人狂点一气。你知道,写东西的人一般都很穷,嘴又都很馋。

我怎么都不能相信自己是一个住在高级饭店里签单的人。虽然我越签越习惯越签越喜欢,但还是不敢相信。我不相信,别人也同样不信。饭店里的服务人员大约从来没有见过像我这样签单的人(不相信我的衣着还是不相信我的气质?),每次签单时他们都要核对我的房卡。每次核对房卡的时间都很长,足以使任何一个骗子心惊胆战。

有一次他们终于憋不住了,向我指出房卡上的签名和我签单时的笔迹有所不同。他们拿来一张纸,让我再签一遍。我的脸不禁涨得通红。幸亏我宴请的朋友中有一个是见过世面的,他让我模仿房卡上的签名签一个。我照他说的那样做了,果然顺利过关。服务员小姐很不好意思地对我说了句:先生对不起,我们也是例行公事。

房卡是入住时袁义签的,当然与我的笔迹不同。好在我从小爱好画画,还考过美术学院,临摹功夫不错,这回便用上了。

三

直到晚上八点左右,我房间里的电话才响。是袁义打来的,说他们已经到了,在下面的大堂里,让我赶快下去。

我带上房间的门,乘电梯一直下到一层,远远地就看见一川一家还有袁义、小鲍坐在大堂东侧的咖啡座上喝东西。我一眼就认出了一川,与十多年前相比几乎没有什么变化,只是人胖了一圈。他笑眯眯地站起来和我拥抱。在座的所有人都目光炯炯地看着我们。

　　一川女儿的眼睛又圆又亮,睁得老大,模样一点也不像中国孩子,倒有一点像印度小孩儿。她长得胖胖的,肤色黝黑,满脸的认真和坦然。一川让她叫我"伯伯"。了了叫了声"伯伯",发音有些生硬。

　　最后我看见了李娜。想当年她可是美丽非凡的"川妹子"。一川每天坐在宿舍里"撅着屁股给老婆写信"(袁义语),指的就是给李娜写信这回事了。

　　一家三口总的特征是胖。一川可用"胖大"来形容,宽阔的肚腹束着一只鼓胀的钱包。了了也胖,个头已经和她妈妈差不多高了。我们(我和袁义夫妇)尾随他们升上十四楼,来到预订的房间里。随后,行李也被运送上来了。

　　休息片刻,稍事整理后一川一家随我们出去吃饭。了了开始不想去,经过一番说服才勉强同意。这时已经九点多钟了,北京的饭馆大都已经关门。没关门又值得一去的地方,又太远了。最后决定还是去宾馆内的餐厅。

众人再次乘电梯下到一楼,进了右手的餐厅。由于时间关系,除了我们这一桌,已经没有客人了。袁义点了一大桌,足有二十几个菜。本已疲惫的餐厅方面立刻活跃起来。一川大声地嚷嚷着,时而中文时而英语,时而四川话,引得袁义夫妇发出一阵阵笑声。李娜也很兴奋,抢着说话。也难怪,他们终于回来了,落地了,放心了,也轻松了。尽管餐厅里灯光刺目,客人寥落,但他们一样地感到开心和高兴。连服务员小姐也受到了感染,在一边抿嘴而笑。

要了无数的啤酒。当问道"要什么牌子的?"一川说:当然是当地的。于是要了燕京。他一直在说:这些年就没吃过正宗的中国菜,连做梦都梦见四川火锅。当正宗的中国菜(想假都假不了)放满面前的时候一川反倒没胃口了。了了不习惯中国菜,所以几乎没吃什么。李娜忙于照顾女儿和说话,也吃得不多。席间,只是我吃得比较正常,喝得也比较正常,但说得就不行了。阔别多年,各自的境遇都发生了很大变化,真的不知道该说什么是好。

四

了了最先离席,自己拿了钥匙回房间去了。她对中国菜没有兴趣,对他爸爸的中国朋友也没有兴趣。了了还有重要的事情要干,这下文再说。

十一点左右,我签了单,所有的人都离席上楼来了。这次签单一共签了一千六,大部分菜都没有动过,有的只动了一两筷子,够气派的,也是我短暂的签单史上最辉煌的一次。

李娜回房间照看女儿去了。一川和袁义夫妇一起,进了我的房间。打开电视,我们开始看一场足球赛。一川依然非常兴奋,后悔没有将餐厅里的啤酒带上来。他打电话去服务台要酒,由于时间太晚,饭店的供应已经停止了。一川大骂中国饭店落后。

他嚷着要下去到街上买啤酒。袁义说：商店早就关门了，北方就这点不好。他大约不想让一川再喝，后者已经开始摇摇晃晃的了。

这场球是德国对法国，一川看得兴奋不已。他是一个球迷，看起现场直播来理应很激动。但德国和法国到底和他有什么关系呢？没有任何关系。和中国人一起看球，和袁义和我一起看球，这才是关键所在。据袁义说，他们早就计划好了，一川二十五日到北京，二十七日离开，能在一起看两场球。球、祖国、朋友和酒，让一川兴奋得一塌糊涂。

我从来就不是一个球迷，自觉没有祖国（工人没有祖国——马克思）。对朋友我热情不足。酒，能喝一点，但从来不会过量。但是我也很兴奋，那是因为一川，他的兴奋不得不感染你。他一面兴奋，一面还诉说着让他兴奋的理由。这就使我觉得，自己也是爱足球、爱祖国、朋友和酒的。

我突然想到，房间的冰柜里还有啤酒。

于是通通取出来,一共四罐。四罐啤酒一川喝了三罐,我喝了一罐。我们不停地说话,时而鼓掌欢呼(随着球场的气氛)。袁义夫妇那边则始终无声无息。

袁义工作很忙,连日来忙于接待我和一川一家,下午还亲自驾车去了机场。据小鲍说开车时袁义差点睡着了。此刻,他显然有些支持不住。小鲍是一个安静的女人,悉心照顾着丈夫(给打盹的袁义加上了一条毯子)。偶尔,袁义会睁开一只眼睛,问:进球了吗?他忠于职守,坚持要将球看完。

醉意盎然的一川不断地对袁义说着什么。

其间,李娜进来了一次。他们的女儿已经被安顿睡下了,不懂球的她也来凑一份热闹。她亲热地拉着一川,摇晃着他,同时对我和袁义夫妇说着话。恍惚间我似乎看见了年轻时代的李娜,那个美丽活泼的川妹子,仿佛看见了她和一川恋爱的美好时光,位于十四楼的了了还没有出生。

球赛终于结束了。两个女人扶着各自的

丈夫出了门。一对乘电梯向上，至十四楼，回房睡觉。一对向下，出了中山宾馆，发动汽车回家，然后睡觉。我站在电梯口，向他们挥手作别，然后回到房间里，洗了一把澡，也上床睡下了。

五

第二天我一直睡到十二点过，错过了早餐。我打电话到十四楼，一川一家也才起来。去餐厅吃午饭的时候一川的脸色很不好，说昨天喝多了，到现在还没有缓过来。此刻他的症状是头疼、胸闷，吃不进东西。了了和昨天一样，不习惯中餐。李娜向她许诺，晚上去吃麦当劳。

一川告诉我，袁义已经来过电话了，他要上班，不能陪我们。下午他们想带了了去看故宫，袁义的司机半小时后到中山宾馆。一川问我去不去。由于袁义不在，我想我有责任陪同，所以就答应了。

上车后，没有直接前往长安街。李娜返回十四楼，拿来一只不起眼的黑包。别看这只包很普通，按李娜的话说，他们全部的家当都在里面了。当然这是夸张的说法，但至少这次他们回国所带的盘缠细软都在里面了。

李娜说本来可以放在房间里的保险柜里的，但事先得去前台申请、办理手续，太麻烦了。她与袁义通了电话，要把包放到袁义的办公室去。那地方应该是绝对保险的。袁义的办公室是总经理办公室，整座大楼都是属于他们公司的。大楼门前站立着着装整齐的保安，另外还有高大威猛的石头狮子，一边一个。进出人员都得严格登记。这些防范措施我们马上就会看到。

果不其然，袁义的办公室在十九层，走道最里面的一个房间，门上也没有挂总经理办公室的牌子。应该说是极为隐蔽的。即使进了房间也还看不见袁义，有秘书小姐在外面挡驾。通向袁义所在房间的门很不显眼，几乎看不出来。袁义的司机领着我们顺利抵达。一路上公司里的员工好奇地打量着我们这一行人。我是衣冠不整,或者说完全不合这里的白领要求。一川则拖儿带女的,难免会引起众人的侧目。

女秘书早知道我们要来,笑容可掬地打开通向里间的门。这时候我们看见了袁义,以及他的工作环境,或者说看见了置身于总经理办公室里的袁总。

袁总还是我们的袁义,甚至更是我们的袁义了。我的意思是他在总经理这个位置上早已经习惯了,并取得了决定性的胜利。袁义战胜了总经理,而不像当初。三年以前我也曾到过他的办公室,那时候总经理还压迫着袁义。

李娜将黑包交给袁义,后者随后将它锁入保险柜中。一川禁不住感叹这间办公室之大、之豪华,比他们总经理的办公室都要大和豪华许多。他俩(袁义和一川)都是干保险的,属于两家不同的公司,一中一外,因而有其可比性。袁义幽默地说:那你就回来干嘛！关于这件事，他已经劝说过一川多次了。民族感情、家乡观念和朋友义气都说服不了对方。现在借助物质利诱，一川依然不为所动。

袁义送了了了一把紫砂茶壶。我看见一件木雕，问袁义，他说是去南非旅游时买的。袁义把它送给了我。这两件东西（茶壶和木雕）原来都是办公室里的摆设，这会儿从架子上取下，让秘书小姐用报纸裹了，装入公司专制的纸袋中。这种纸袋有多种型号，装茶壶的比较精巧，是小号纸袋。装木雕的是大号纸袋。即便如此，木雕还是伸出袋口一截。（木雕为长条形，上方是一光头男人的雕像，下面，由三个裸体的小人托着，再下面又是三个裸体小人。裸体小人共有三层，共九个。）

会见毕，一行人原路返回。袁义一直把我们送出大楼，他的司机已经在车上等着了。

六

我们向长安街进发,去故宫博物院。路上一川开始感到不舒服,并且越来越不舒服。他和司机商量:能不能返回宾馆,不去了?司机当然没有问题。一川表示,让他白跑一趟,心里很过意不去。在这之前一川分别征求了了了和我的意见。

了了本来就对故宫没有概念,按她的意思最好一直待在宾馆里。李娜做了半天说服工作,了了才答应出门的。而我,对游览名胜一向缺乏兴趣,况且是陪同来自美国的一家"华人",去的又是故宫、天安门,这不是太傻了吗?这几天北京的天气奇热,温度高达华氏四十度以上。据司机说,故宫的院子里连一棵树都没有,据说当年此举是为了防备盗贼。这么热的天气,这么空旷和毫无遮拦的太阳地,想想都让人害怕。决定放弃游览回到冷气充足的宾馆房间里,是绝对英明正确的。

然而我们并没有马上掉头,而是继续向前。这与行车线路有关,不是我们这些外地人所能了解的。虽然我们已决定不去故宫,但必须从天安门前的长安街经过。所以说,我们还是去了天安门。

天安门雄伟壮丽,远远地一瞥就如在目前。一川兴奋地对了了说:天安门!天安门!了了含糊地"嗯"了一声,看来她并不明白这座建筑物的重要性。大约一川心里一急,说了句:不好!司机眼明手快,及时地将一只纸袋从椅背间递了过去。后座上的一川接着,埋下头去哇啦哇啦地呕吐起来。

一川一面吐,我们的车一面从长安街上穿过。了了的注意力自然被爸爸的痛苦所吸引,而对天安门和世界上最大的广场没有留下什么印象,这是非常遗憾的。当时的情形十分紧张,供一川呕吐的纸袋是小号的,很快就溢满了。李娜连忙将装紫砂茶壶的纸袋腾出,套住一川呕吐的纸袋。这只纸袋也是小号的。两层纸袋使滴漏问题得以缓解,但容量仍然不够。我只好取出非洲木雕，将大号纸袋贡献出来，这样就万无一失了。一川将整个脑袋都埋在了大号纸袋里，一心一意踏踏实实地呕吐起来。

真得感谢袁义的馈赠，不是紫砂茶壶，不是非洲木雕，而是这两只纸袋。纸袋外观淡雅，呈石青色调，上面绘着著名的清明上河图；既可用来装载呕吐物，又可捧着它出入于高雅的场所和厅堂。可不，这会儿一川就双手捧着这样的一只纸袋，将它抱在胸前，下了车向中山宾馆的大门走来。

侍者拉开玻璃门，点头示意并问好。我们（我、李娜和了了）跟在一川身后，所有的人都在东张西望，想找一个安放纸袋的地方。一川捧着纸袋，领着我们在大厅内转了一圈，仍没有找到合适的地方。后来终于引起了宾馆方面的注意，走过来一个穿制服的人，问一川道：先生，您需要帮忙吗？

一川问：有没有放垃圾的地方？对方不觉一愣，他显然不会想到一川宝贝似的抱在胸前的纸袋是准备抛弃的垃圾。他指了指搁在大堂一根立柱旁的筒状烟灰缸,大约以为一川要扔的是一个烟盒或者别的什么小玩意儿。

按原先的想法,纸袋是准备带进房间里抛弃的——那儿有专门的打扫人员。可现在已经来不及了。呕吐物透过三层纸袋,从接缝处向外滴漏,隐隐约约的有一条水线自纸袋底部飘落到地面上,如果不加以注意自然是看不出来的。多亏工作人员指出了那个筒状烟缸,一川走过去,将纸袋安置在上面。然后我们走开了,向电梯走去。在此过程中我们频频回头,看见那纸袋竖立在金属烟灰筒上,十分的醒目和庄严。

七

我和一川分别已经十二年了,这次被袁义挟持至京,与一川见面,重续了当年的友情。在与他一家相处的过程中,有很多的细节,显然无法一一道来了。但我总想写点什么,以纪念我们的这次会面。我想集中精力写写一川一家,小标题为"一川""李娜"和"了了"。总之得把他们分开写。当然我不可能事无巨细,总得写一些有意思的事。有意思,但是否有意义就不好说了。像一川,我就写了他呕吐的事。这事儿挺有趣,甚至令我感动。但它有意义吗?我就不得而知了。

　　一川呕吐的故事告一段落后,接下来要写的是"李娜"。实际上她的故事前面就已经开始了。

八

　　一川一家回十四楼休息,我也回了自己的房间。睡了一个午觉,醒来时天已经快黑了。李娜打电话下来,让我去上面集合。袁义夫妇下班后就过来,然后一起去外面吃饭。

　　我上去时,一川已经好多了,可以说已经完全好了,甚至比没吐以前还要好。他看上去十分的神清气爽，人也变得眉清目秀起来。这一吐，把他的晦气都给吐掉了。李娜在整理箱包。了了坐在桌前，戴着耳机，一面拿着一支杆子长长的铅笔在一个铺开的本子上唰唰地写着什么。看得出来她的字写得很大、很疏朗、很自由，因为每过一会儿她就要翻过一页。

我被了了表现出的轻松惬意所吸引，入神地看了很久。李娜向我解释说：她在写情书，给她的男朋友。

了了闻言，脸上露出一丝羞涩，仅仅是一丝而已。她眨巴了两下大眼睛，随即恢复了正常。

她一坐下来就写，一写就是半天。所以她愿意待在房间里，哪里都不去。李娜说。

都写些什么呢？我问。

所见所闻啊，中国怎么样啊。我们今天去袁义公司，还有路过天安门，肯定都被她写进去了。李娜说。

那就应该多见识一些才行。要不然就没

有什么可写的了。我对了了说。

她是为了写才去见识的。见识得多了,就来不及写啦。一川说。我们大笑起来。

写又是为了什么呢?李娜说。为了给他的男朋友看。要是没有男朋友,她不单不写,连见识也不愿去见识了。

袁义夫妇终于来了。出乎意料的是袁义手上拎着那只黑包,就是上午我们特地送去的那只。袁义说,今天是周五,明后两天办公室里没人,整个公司大楼也没有人,除了值班的。因此包放在办公室里不保险。他准备把它带回家去,两天以后等他上班时再带回公司。

李娜马上说:这全都怨我,我没想起来今天是周五。但她并没有要求袁义就此把包放在宾馆里,去申请一个保险柜。既然李娜已经将包交给了袁义,那就得无条件地信任他,听从他的安排。一川夫妇一副事不关己的模样,倒是我有些神经紧张,目光不由自主地落在了那只黑包上。

袁义自然感到责任重大,但他是个沉得住气的人。他没有下班后先回家,把包放下再到宾馆里来,因为那样不顺路,也耽误时间。他带着这只包离开办公室,开车去接小鲍,完了再带着这只包来到宾馆。此刻这只包就立在了了刚才写字的桌子上,我们出门的时候袁义再次把它抓在了手上。

接下来商量到什么地方去吃饭。一川刚吐过,没什么胃口,但他愿意去任何地方。为保护他脆弱的胃,我们放弃了川菜去了一家粤菜馆。大家绕着桌子坐下。一张椅子上放着脱下来的外套和女士随身携带的提包。袁义的那只包(实际上是李娜和一川的)混在其间。我们吃饭的时候它一直搁在那儿。

九

在饭桌上我和一川发生了一点小小的不愉快。实际上,这不愉快早晚是要发生的。正因为这样我才不愿意和一川见面的吧?十年的隔绝使我变成一个怪人,这在前文里已经说过。但从另一个角度讲,与十年前相比我竟然毫无变化,这就更使人难堪了。

一川回国,不免有些衣锦还乡的意思,至少与十年前相比已是人是物非,变化之剧使人感慨。这方面,他与袁义绝对有共同语言,而我是根本插不上的。仅从外观上看,他俩都已呈现出中年人发福的体态,携家带口,两个人都成了社会的栋梁之材。

一川不禁回忆起当年袁义送他去美国,由于换不到所需的外币,在北京街头如何绝望地徘徊。而如今袁义隆重地欢迎他们一家归来,那气派就像整个北京城都是他袁义的。我完全同意一川的说法,只是,他们回忆的"昨天"仍然是我今天的现实。如果没有袁义这样的朋友,流落在北京城里我不还得"绝望地徘徊"吗?

袁义借机诱惑一川,说:那你不如回北京来算了。李娜也说:看看人家袁义,又是司机,又是秘书的。袁义连忙解释说:那可不是我私人的。李娜说：在美国，有私人司机的也不多。虽然回国后也许会有自己的司机和秘书，一川仍然不为所动。在美国，能到今天这一步真的不易，他强调说。其中的辛苦只有他自己知道了。

这样的谈话我自然无法介入。

为怕我受到冷落，一川以拉家常的口气向我提出一个问题：你平时投资吗？我感到无比惊讶：投资？什么意思？一川说：这事儿很容易，在家做就行，通过因特网。李娜平时没事就投点资。接着他向我解释了一大堆技术问题。我虽然如堕五里雾中，但表情却显示出一副茅塞顿开的样子。一旁的袁义看得焦急无比。

一川还向我推荐了一种戒烟药，说他以前烟瘾如何大（"你是知道的！"），吃了这种戒烟药后马上就戒掉了，灵得很。目前国内市场上还没有这么好的戒烟药，一川建议我向周围的朋友推销看看。没准儿就能成功呢，他说。

一川已经看出我是一个穷人，热情洋溢地想帮助我。但他似乎忘记了我是一个什么样的人了。

袁义摸摸索索从衣袋里掏出一张纸，展开后递给一川。这是一个复印件，上面复印了一篇某文学杂志上的文章，是介绍本人写作情况的，自然不乏赞扬吹捧之辞。显然袁义早就准备好了，一直在寻找适当的机会向一川展示。此刻，他逼着一川在饭桌上阅读完全文（就像挟持我来北京那样）。一川看的时候袁义也凑过来，并排和他一起看。待一川看完，袁义又将文章递给李娜。李娜看完，又传给了了。了了惊慌失措地接过复印件。李娜向袁义解释说：她不会中文，只能听，说勉强也可以，读和写就不行了。她补充说道：一川不让她学中文。

袁义一面收起复印件，一面质问一川：你为什么不让了了学中文？一川说：我要让她适应美国生活，学中文没有用，弄不好还会有消极作用。话虽这么说，但显得底气不足。袁义笑道：你啊你！他转念一想，把本已揣入怀中的复印件再次递到一川手上。那你就翻译一下给了了看吧，他说。

　　袁义展示复印件的时候，我觉得很尴尬。我说：没什么好看的，没什么好看的，都是瞎写的。袁义根本不为所动，就像这件事和我无关一样。这是他做事的一贯风格，我自知无能为力，如果继续谦让下去反显得做作了。于是我干脆不闻不问，这样事情就达到了高潮。

　　只见一川神色郑重，小心地将复印件折起、收好，一面说：我一定翻译出来给了了看，自己也要再看几遍。

　　我当然明白袁义的意思。他所要向一川传递的只是这样一个信息，就是：我们的这位共同朋友，当年的同事、兄弟，在不同的领域也做出了不俗的成绩。正是冲着这句话，我觉得无地自容。还不如像一川那样把我当成一个需要怜悯和拯救的对象，那样多少自然一些。

自从看了复印件后,一川对我的态度就有了变化,变得庄严和肃穆了。袁义想达到的正是这样的效果。一川不再与我谈投资的事,而是十分殷勤地邀请我去美国玩。他不再问我有没有投资,而是问我有没有护照。我说没有,这又使一川的谈话受阻。这样,面对什么都没有的我一川变得神经紧张起来。

办一个很容易的,他试探说。

干吗要办一个呢?我没有这个需要。我说。

办一个总要方便一些。找个机会和袁义一起过来,我们一起开车出去玩。见我不再回答,一川转向袁义:你们公司不是每年都要组团出去吗?明年顺便帮何平办一下,你也过来,我们一起开车出去。美国西部的景色还是很漂亮的,最好秋天来。他急于把这件事定下来,再次转向我,说:怎么样?说定了,明年和袁义一起来。

我推让道:再说吧,以后再说吧。

于是除了了外的所有的人都开始劝我,

让我打消顾虑,出去玩一趟。他们说如今出国也算不了什么大事,又说我不能总是闷在房子里,靠想象写作。我有些急眼,对他们说:我没有钱。一川拍着胸脯说:钱的事你就不用考虑啦,你没有,我们有,反正饿不着你。你就痛痛快快地说一句,去还是不去?我回答说:不去。你的钱又不是我的钱。

事情就此陷入僵局,他们再也劝不下去了。静场半分钟后小鲍开始谈带小孩儿的事。她和袁义半年前有了一个小宝宝,由于太小,没有带出来。李娜问长问短,一川、袁义也逐渐参加进去。我这头顿时轻松了许多。

十

以上便是我和一川之间发生的"小小的不愉快"。自然原因在我,是我的古怪和生硬导致了不和谐。我的朋友们则无可指责。尤其是他们的热情和对我的希望是那样的令人感动。他们不仅供我吃喝、平等相待,在精神上也努力抬举我,给我以优越的地位。无论是挟持我进京、让我住进高级宾馆挥笔签单,还是想把我弄到美国去见见世面,其目的无非一个,就是有福共享。当然他们看出了我的隔绝和与社会格格不入的个性,这也是他们甚为担心的。他们试图改造我,并不是为了推销自己的价值观,而是怕我堕入可怕的自闭。多年来袁义一直劝诱我、哄骗我,软硬兼施,生拉硬拽,让我尝试不同的生活见识日新月异的世界。其最低目标是使我不至发疯或郁郁早逝,最高目标当然是共享荣华富贵了。

朋友们的良苦用心我怎能不知道?只是我常常感到自己是扶不起来的阿斗。我有一种消沉下去和堕落的愿望,自绝于社会和朋友以及这个牛逼哄哄的世界。多亏了袁义这些年来的提携,他就像牵着一根拴着我的绳子,不时地要提溜一下,把我拉出水面换气。

我常常想:他们到底图个什么?我是一个多么无趣和生硬的人,经常搞得别人神经紧张。我一点也不好玩，一点也不随和，可他们为什么还要和我在一起呢？在北京的这几天充分地（再次地）证明了这一点。如果没有我，大家一定会更加高兴，气氛定然加倍热烈。而我夹在中间，使得每一个人都很节制、压抑、收敛，说话斟词酌句，还常常出现冷场。我就像一块尖锐的石头，或者一根刺，当然首先是扎在我自己的心里的。

写这篇小说是为了纪念此次去北京和袁义、一川的会面。我想写写一川一家，男人、女人和孩子。关于男人，我写了一川呕吐的事，已经顺利完成。关于女人，我想写李娜的那只黑包，可笔锋一转，竟写起了我自己，写起了我在北京的内心感受以及饭桌上的一次"小小的不愉快"。写自己也许是必要的，可以为故事提供一个较为深入的背景。当然，写一川一家，写他们的故事也许只是提供了我的一个背景，目的是写我的内心感受以及遭遇。谁知道呢？还是让我们继续李娜或者那只黑包的故事吧。

十一

饭后,袁义建议去三里屯,看看那里的酒吧街。没有人提出疑义,于是我们动身出发。袁义开车,我坐在他的旁边。小鲍则和一川一家挤在后排。我们一路向三里屯方向驶去。

接近南街的时候,道路变得拥塞起来。到处都是停放的车辆以及在车辆间穿行的奇奇怪怪的行人。这些人显然都是去酒吧街的,或者从酒吧街出来,回自己的车上去。恰好是周五,来得又正是时候,十点多钟,正是上客的高峰时间。袁义找不到地方停车。他干脆将方向盘一打,拐了进去。

车速极慢,一条条的人影映在前面的挡风玻璃上。终于找到了一个空当,袁义小心翼翼地将车倒进去,沿着马路将车停稳。一川、李娜连夸袁义的倒车技术好,说是一个人的车开得怎么样,主要是看他如何倒车。

开车时,袁义将黑包放在他的座位边

上。这会儿他将包抓在手里,临下去时对我说了句:帮我注意点。声音虽然不高,但我立刻会意。他让我注意那只黑包,而包里面装着一川他们的"全部家当"(李娜语)。本来我已经很紧张了,这会儿袁义又委以重任,看来情况的确是比较严峻的。

我们一下车就和街上的人挤挤擦擦起来。袁义大大咧咧的,提着黑包走在前面。我紧随其后,主要是要跟上他手里的包,不能让它从我的视野里消失。一川、李娜虽然也很关心他们的包,但同时要照看了了,因此不免分心。南街既窄又长,路灯昏暗,人影幢幢的。两边酒吧的门面都很小,并且很隐蔽,进去之后便觉一片乌烟瘴气,人头攒动,连个立足的地方都没有。

这是那些比较有名的酒吧。生意清淡的酒吧也故意搞得很局促,烟雾缭绕,灯光凄迷,进去的人如同身处梦境。

我们在每个酒吧里待的时间都不长,探寻一下就出来了。袁义的意思很明确,就是要让美国归来的一川一家见识见识，见识见识北京的酒吧，北京的酒吧街。如果不考虑他手上提的那只黑包，我很赞同他的做法。可带着这只包，袁义这样做就显得不可理喻了。

事后袁义告诉我，三里屯的小偷是有名的，尤其是周末，防不胜防。可此刻他带着一川的全部家当和细软在酒吧里挤进挤出，就像没事人似的。这便是袁义的风格，是他特殊的魅力所在。别说是价值八九万元的一只包，就是八九十万，八九百万袁义也会面不改色的，甚至会更加轻松。我就不行了，被一只黑包搞得神经紧张，根本无暇欣赏酒吧街的夜色和那里的气氛。一川、李娜想必也是一样，那包毕竟是属于他们的。

一帮人懵懵懂懂，跟随着袁义，在各家酒吧门前进进出出。终于走累了，袁义选择了一家比较清静的酒吧，领我们进去找地方坐下。我注意到袁义是靠墙坐的。他坐下后那只包就搁在了桌下他的脚边。由于一面靠墙所以比较安全。这张桌子上就坐着我们，没有外人。我在心里念叨着：别忘了临走时提醒袁义，让他拿上那只包。事情往往就是这样的，坚持到了最后，结果松懈了。我们站起身来离开酒吧，但是忘记了那只包。这是完全可能的，是可以想象的。等我们醒悟过来，回去再找时，它已经不翼而飞了。

我不断地告诫自己，不敢有丝毫的怠懈。至于我到底喝的什么饮料，啤酒或是可乐，并没有放在心上。乐手坐在我身后的吧凳上又弹又唱，但他唱的是什么我也不是很清楚。袁义他们交谈得很热烈，我则反应迟钝。好在酒吧里人声嘈杂，大家也不以为然。

十二

我们在酒吧里待了约一小时，临走时并没有忘记那只包。袁义无须我的提醒，提起包向门口走去。我们跟着他，一直走到停车的地方，然后开车回去了。我们的旅行——准确地说是包的旅行便到此为止了。有惊无险,这是结论。

按我的想法,这个故事是写李娜,但她在叙述中出现得并不多。这个故事中出现最多的人物是我,还有袁义。但我还是认为故事是写李娜的。她负责掌管那只包。也是由于她的主意,这只包才会被带到袁义的公司里。她把权力交给了袁义,而袁义又委以我重任("帮我注意点")。

接下来该写一写了了了。我保证删除一切不必要的旁枝末节,把注意力集中在这个可爱的小姑娘身上。

十三

了了十二岁,三岁时离开成都,在美国生活已经九年了。她的身高约一米五五(正常),体形微胖,皮肤较黑但眼睛很大,并且很圆。表情认真而坦然,不太像中国小孩儿。她总是戴着耳塞,胖胖的小手里握着CD播放机,对周围的一切有些漠不关心。

去天安门、故宫是一川、李娜的主意，是他们以她的名义提出的要求。他们觉得了了应该去，也应该想去。李娜提醒说：天安门，天安门，你不是在历史课本里读到过吗？然而真的来了北京，了了宁愿待在宾馆里面听音乐。

她已经有男朋友了，这一点很重要。一川和李娜反复提起此事，大有和女儿调侃的意思。他们的表现不太像中国父母，但仅就此一点而言。了了的反应很无辜，她不明白一川、李娜为什么总是拿这事开玩笑，而且当着我们的面。了了面露羞赧之色，但一闪即逝。说到底她是无所谓的。

了了的右手背上画着一颗心，左手背上写着男朋友的名字。图案和字母都是用钢笔写（画）的。了了在右手背画心的时候用的是左手，往左手背写字时用的是右手。图案和字母将保持一天，一直到晚上洗澡。洗浴以后了了要做的第一件事就是恢复右手背上的图案和左手背上的名字。

李娜告诉我们：这已经是她的第四个男朋友了。看来了了的行动完全在她和一川的掌握之中，这得归功于了了对他们无话不谈。自然，做父母的也不会予以干涉，否则的话了了就什么都不说了。

李娜说：还是这样好，有透明度，我们也放心些。她说这毕竟是小孩子的游戏。了了很热衷于接吻，有时候母女俩还一起讨论。了了已经学会印度式的热吻了。印度式的，就是把舌头伸进去，打转。李娜解释说。

当大家议论了了时，她显得无动于衷，在众人的目光下坦然地做着自己的事。她唰唰唰地在笔记本上写着什么，从我们走进房间开始她就这样，直到我们离开。一面写一面戴着耳机听音乐。了了不停地写是为了寄给远在美国的男朋友，他比她更想知道中国的事情。

一到北京，了了就要求打电话，因为一川手机的制式不同而没有打成。他们没有申请宾馆的国际长途（就像没有申请保险柜一样)。了了于是四处找电脑,想给男朋友发电子邮件。李娜认为她的要求实属过分。这是在中国!她对了了说。

中国怎么啦?袁义说,现在到处都是一样的。说着将他的手机递给了了,让她给男朋友打电话。李娜为维护自己说过的话,坚决地制止了。

北京城里到处都是网吧,就是宾馆所在的这条街上也有无数家。但我们来北京不是上网的,李娜说。他们只允许了了使用纸和笔,用这种传统的方式和她的男朋友联系。

于是了了便在笔记本上拼命地写啊写啊。

李娜说起,三年前她带了了回过一次四川(一川因工作太忙没有同行)。回美国后了了写了一篇作文,是描写姥姥如何宰杀鳝鱼的。她写得那么细致、客观和血腥。姥姥如何将鳝鱼的头钉在板凳上,又如何用一把小刀解剖它们的身体,当时鳝鱼是活的。这篇作文在了了的学校里引起了轰动,为她争得了荣誉。

三年以后，想必了了的写作更精彩了。她一会儿停住笔，一会儿若有所思地看着我们。也许了了正像解剖鳝鱼那样地解剖着我们。我感到不寒而栗。

一川说：美国的教育就是这点好，从小了了就自己写，写日记，写信，在一些场合下的致辞也都是自己动手，从不需要大人代笔。他们的写作能力是从小培养起来的。可惜了了是用英文写作，中文则完全不会。

了了此时碰到的有语言障碍、饮食障碍（她不习惯中餐，因此吃得很少）、年龄障碍（几天来围绕着她的都是四十岁左右的大人）和爱的障碍（男朋友远在美国）。可见，她是多么的孤独。当年，一川去美国闯荡时和现在的了了一样，也碰上了语言障碍、饮食障碍和爱的障碍（李娜、了了都在国内。他们是三年后才去美国和一川团圆的）。想必那时他也是孤独的。

了了拼命想与那些被隔开的东西取得联系，通过写作、听音乐，通过对置身环境的拒绝,听而不闻视而不见以及无兴趣的倾向。当年的一川也拼命地给我写信,给袁义写信,给李娜和了了写信(虽然了了刚刚出生,还不懂事)。这种饥渴在他的身上一直保留下来,因此才会对隔绝多年的我和袁义如此热情洋溢(甚至有些夸张),而我并无相应的表达。

　　我有些扯远了。我想说的是,在了了的身上我看见了当年的朋友,这不仅因为他们是父女,长得像。他们的隔绝和渴望是某种很一致的东西,只不过如今引起它们的东西已经不再一样了。

　　第三天,也就是星期六,袁义开车带我们去了香山。在山顶的一个亭子里,大家又开始逗了了说话,让她多说一点,说中文。了了和李娜商量了一会儿,在母亲的鼓励下讲了(或翻译了)一个小笑话。当时我们笑得前仰后合,愉快极了。了了的笑话很成功。

　　现在我将这个笑话照录如下,作为这篇小说的结束。

山姆对珍妮说：如果你爬上树去，我就给你糖吃。

珍妮于是开始爬树，她得到了一颗糖。

回家后，她把这件事告诉了妈妈。妈妈说：傻孩子，他是想看你的内裤。以后别上他的当了。

第二天，珍妮又碰到了山姆。山姆让珍妮爬树，说这一次给她两颗糖。

于是珍妮又开始爬树，她因此得到了两颗糖。

回家后妈妈责备珍妮，说：就是再多的糖也不能爬，山姆是要看你的内裤。

珍妮说：他看不见我的内裤，爬树以前我已经脱掉了。

2000年11月6日至2001年7月18日

绵山行

上 篇

去以前,我不知道山西有个叫绵山的地方。去了以后,我知道了绵山,但我敢说,我知道的绵山和你知道的有所不同。我们没有去任何景点,只是在山上住了三个晚上。据说我们住宿的地方也是一处名胜。现在,当我写这篇小说的时候怎么也想不起它的名字来了。

那里有一个巨大的山洞,大得难以想象。山洞里坐落着整整一座寺庙。这么一说,你肯定就知道是什么地方了。

寺庙里有一个乐团,成员大多是十五六岁的少男少女。乐团的全称是"绵山宗教乐团"。这些事情我还记得。但我们没有住在寺庙里。报到的地点是寺庙隔壁的一栋二层小楼,号称"绵山宾馆",外观很像一所乡村中学的校舍。

我们就住在那里。我说的"我们",是指所有参加笔会的人,有三四十人。"我们"还特指我和王丰、老安,我们都是从南京来的,这次开会以前我们就已经是认识多年的朋友了。要不是因为有他们,我可能不会来参加这次会议。他们也一样,如果不是有我,也不一定会接受邀请。很自然的,我们被安排在一间房间里。

王丰的性格比较外向,有时候也跑到别的房间和其他的与会者聊天。很快,他和所有的人都很熟悉了。而我和老安,基本上是结伴而行,没有单独行动过。

关于这次会议,实在没有什么可说的。大家之所以来到此地,无非是吃喝玩乐,呼吸点新鲜空气,开会不过是一个借口。会议的主题有关城市文学。也许的确有人认为这很重要,准备认真地探讨研究一番,可我们并不这么认为。公费出差、游山逛水的机会本来就不多,况且在会上没准儿会碰到令人心怡神悦的女作家或女编辑呢?

第一次开会我们的希望就破灭了。扫视会场,女人倒是有几个,但一概在四十以上,姿色也很一般,况且有一帮六七十岁的老头子围着她们转呢!我们的目光不得已转向会议以外,于是就发现了隔壁的寺院和我们住宿的绵山宾馆。

先说寺院。那儿有一个由少男少女组成的乐团。每天下午,一帮孩子在一座废弃的大殿里排练,吹拉弹唱,各显神通。晚饭时间稍歇。饭后,他们吃饱了回来,继续演奏。晚上八点左右达到高潮,乐声悠扬,声震屋宇。被吸引的有寺院里的僧人、绵山宾馆的员工,还有我们这些住店的客人。大殿门前挤满了围观的人,连窗户那儿都是人影幢幢的。也有一些人站在院子里,距大殿的门和窗户稍远。他们在散步或者在闲聊,但无一例外都在听大殿里的演奏,想不听都不可能。

寺院依山而建。房子后面有两条小路分别从两边向上延伸。小路在尽头合而为一,形成一条横道。那时,你已经上得很高了,来到了山洞的尽头。裸露的石壁清晰可见,有的地方甚至腰都直不起来。下面,寺院的建筑黑乎乎的一片,唯有那演唱的地方透露出温暖的灯光。你的目光平视,于是就看见了山洞巨大弧形的洞口。山洞外的天幕深蓝透明,与洞内阴暗的景物相比颜色要浅。看得时间久了,你不禁会产生错觉:深邃的天空就像是一颗突出的星球,大得或者近得不可思议。

我和老安,在漆黑的山道上徘徊,听着孩子们的演唱,眼前呈现出这番虚幻不实真假莫辨的景象,不由得感慨不已。

想想看,十五六岁的年纪,少男少女,穷山沟里,还有这寺院,这山洞,这乐声和歌唱。老安说。

是啊是啊,我说。这么小的年纪,远离父母,以后他们长大了,各奔东西,想起这段生活一定会很怀念的。

再说宾馆。那儿的领导我没太注意。我注意到的是两个给我们服务的小姑娘。她们的年龄与隔壁乐团的孩子相仿,一个叫小花,一个叫秀儿。秀儿长得还算漂亮,就是太胖了。小花也不瘦,微胖,脸蛋圆圆的,非常的朴实单纯。

每天,小花和秀儿为我们整理床铺、打扫房间。我们在宾馆楼下的一个食堂里吃饭,小花和秀儿为我们摆放碗筷,给我们上菜,忙得不亦乐乎。整个宾馆就这么两个服务员,伺候我们这三四十人的饮食起居,应该说还是很忙很累的。

一直到晚上七点多钟,我们吃完晚饭,她们也收拾完毕,小花和秀儿才有了一段空闲时间。这段时间里,小花最喜欢做的事就是去隔壁看乐团排练。在大殿的窗户那儿，我看见她扒着窗台向里面看去，一副认真神往的表情。那时候累了一天的秀儿，大概已经回房间睡下了。

我是在宾馆的走廊里开始和小花说话的。打扫房间时我们已经见过，但那会儿她正忙着，我们只是把她当成服务员，问了她热水供应在哪里洗澡之类的问题。而在走廊里，小花是一个很可爱的小姑娘。我问她叫什么名字，另一个小姑娘又叫什么，小花一一作了回答。说话时她的脸红了，显得很害羞。显然她不习惯这样和客人说话。

老安问她有没有男朋友，又说你长得很漂亮啊。小花就更不知所措了。我马上制止了老安的油腔滑调。毕竟，绵山宾馆不像其他宾馆，这里的小姑娘也不同于那些服务员小姐。

就这样，我们算是认识了。小花再来房间打扫时，我们也开始和她说话。在走廊里或其他地方碰见了，相互之间也要打招呼，时间允许的话就站下来聊一会儿。渐渐地,小花的眼神不再躲闪,看见我们时也有了碰见朋友那样的喜悦。

王丰说:小姑娘真不错。老郭,你就把她带回南京去吧!

老安说:真不错。你要是没兴趣,我可要下手了。

对他们的玩笑我一笑置之。

那个秀儿,在走廊里碰见时我们也试图和她搭话。她的表现与小花不同,比较冷淡和警惕。也许她比小花年长一两岁,更有经验。看得出来,秀儿比小花更像一名宾馆服务员。

尤其是我们和小花熟悉以后,秀儿对我们就更矜持了,甚至还有了某种程度的敌意。这些就不去管它了。但我在想:这会不会影响到小花和她的相处?影响小花在这里的人际关系?好在几天后我们就会离开这里,管不了那么多了。

每天晚饭后,我和老安结伴去隔壁的寺

院看排练,顺便爬爬山。我们经过一个半圆形的门洞,在一块搭在阴沟上的木板上走几步就到了。开始的时候是看排练,听听悠扬的乐声,后来,老安有了明确的目的。他喜欢上了一个拉二胡的姑娘。

她坐在乐队的前排,戴一副透明镜架的眼镜,脸蛋也是红扑扑的,像小花一样。老安觉得她漂亮得不得了,我觉得一般。老安喜欢大胸脯的女孩儿,拉二胡的姑娘胸脯的确很大,至少比小花要大了许多。

我们挤在大殿门前,看见她坐在一条长板凳上,将二胡抱在胸前,一张一弛,拉得很熟练。镜片后面目光闪烁,不时地向我们瞟上几眼。

我告诉老安,那女孩儿在看我。老安说我自作多情,说那女孩儿看的是他,是对他有意思。

我说我们站在一起,至少女孩儿看的是谁不能那么肯定。老安就说:你已经有小花了,就别再和我争了吧!我说我没有这个意思。

老安又说：你的小花也来了，在窗户那儿扒着看呢。

他说的是"你的小花"，我只好用"你的二胡姑娘"回敬他。自然，这正中老安下怀。

我知趣地从门那儿走开了，转移到窗户那儿。我和小花并排，向大殿里看去。我怎么觉得，即使是从窗户看过去，拉二胡的姑娘也是在看我？旁边的小花倒是规规矩矩的，除了刚见到时害羞地一笑，算是和我打招呼，之后就再也不看我了。

从我所在的位置，看不见门边的老安。但我可以猜到，我走以后他正好尽情地向拉二胡的姑娘抛洒媚眼。但除了眼波的交流，老安也就无所作为了。

等他退到院子里，一定是眼睛看累了，我也离开窗户，和老安会合。然后，我们一起沿着左边的小路满怀惆怅地向上爬去。正在演奏的大殿离我们越来越远，咿呀的乐声却越发激昂了,听上去更加清晰和伤感。

老安说他很想成为他们中的一员。可惜他已经太老了,而且对乐器一窍不通。他的想法因此是不现实的。因为不现实老安就更加难过了。

我们唏嘘感叹一番,又顺着右边的小路下来了。

乐团里也不完全是孩子。团长就是一个三十多岁的男人,据说以前在某县晋剧团干过。他手下有两个二十多岁的小伙子,都是他从晋剧团带过来的。

老安怂恿我找团长谈谈。于是第二天晚上排练结束时我找到团长,对他说:我们是作家,来这儿开笔会的,就住在隔壁的宾馆里。我说我们想通过他了解一些乐团的情况。

团长把我们带到他的住处,那两个小伙子和他住在一起。一张通铺上有三个铺盖卷,团长的位置在中间。两个小伙子爬上炕去。一个钻进被窝睡下了。一个靠在墙上,将棉被披在肩上。团长则坐在炕沿上和我们说话。

开始的时候,老安有些紧张,基本上是我和团长在说。后来,老安插进来,我就不再言语了。老安脸上的表情始终是一本正经的,团长也很小心翼翼。他不清楚我们的目的何在,情有可原。但到底我们还是了解了一些情况。

据团长介绍,整个绵山都让当地的一个煤炭大王承包了。他建立了一个公司,专门从事绵山的旅游开发。乐团里的所有人都是公司里的员工。不仅乐团,整个寺院和隔壁的宾馆都是属于煤炭大王的。大家都是一家人。至于乐团成员,大多来自附近的乡下,也有一些是从县里的艺校招的。只有他和两个小伙子以前是晋剧团的,属于乐团的领导阶层。

工资待遇因人而异。团长最高,能拿到八百。那些什么乐器也不会到这里才开始学的,每月一百。其他人一般都在两百左右。

条件是艰苦了点,农村的孩子能吃苦。他们不在乡下干农活,能到这里来拉琴,已经很幸运了。团长如是说。

每天早上,乐团的成员都要穿上袈裟,去大雄宝殿里唱经。晚饭前还有一次。其余的时间自己排练。领了人家的工资就得干活,我们的公司是很正规的。团长说。

我不知道这些情况对老安有何帮助。要是他真的抛妻别子到这里来,除非干领导,要不就得从学习拉琴开始,拿最低的工资。如果老安学的是二胡,师傅又是那个戴眼镜的姑娘,也许他会动心的。

我们告别团长出来,回到宾馆里,王丰还没有回来。二楼的某个房间里传出阵阵笑声,大约王丰在和老头儿老太太们谈论什么有趣的文坛逸事。老安在房间转了两圈,显得很烦躁。他提议我们再去隔壁的寺院看看。我反正睡不着,就答应了。

排练早就停止了,寺院里黑灯瞎火的。

我们还没有走到半圆形的门洞那儿，就听见了小声说话的声音。走近一看，是两个女孩儿。她们已经脱去了袈裟，穿着白色的衬衫，肯定是乐团的女孩儿无疑。老安一阵激动，对我说：看看，看看。似乎早就料到她们会在这儿了。待看清楚后他又有些失望，她们中并没有戴眼镜的女孩儿。

见我们来，两个女孩儿并不回避，只是不再交谈了。老安和她们搭话，其中的一个很爽快地答应着。于是我们站下来，和两个女孩儿聊上了。

门洞有一米多宽，两个女孩儿站在一边，我和老安站在另一边，中间仍有让一个人通过的距离。这个距离说近不近，说远不远。近得一抬手就能摸到对面女孩儿的脸蛋，远得连五官轮廓都看不清楚。直到交谈结束，分开了，我们也弄不清和我们交谈的女孩儿是美是丑，而且不能保证明天看排练时能把她们认出来。

主要是老安在谈，我偶尔插上两句。

我觉得站在这儿就很好。四下里黑暗一片，但这黑暗又不是模糊的空洞的。物体清晰可见，门洞外面，寺院的建筑黑黢黢的。树影随风摇曳，在女孩儿的白衬衫上变幻着微弱的光影。空气极其新鲜，令人陶醉，我想这和山野、植物，和眼前的少女都是不无关系的。

我和老安探访寺院、力图接近乐团的时候，王丰在干些什么呢？显然，他不会闲着。每晚睡觉以前，我们会交流一下彼此的情况。原来，王丰的目标在会上。

有一个来自某市文学研究所的女学者，四十来岁，但风韵犹存。王丰说她"骚得不得了"。经过两天来的努力，王丰越来越接近他的目标了。

第三天晚上，王丰约女学者去散步。他的计划是：在黑暗的山道上最后探听虚实，然后把女学者带回房间里，解决问题。届时，我和老安正在寺院里看排练，房间正好空着。这个时段也再合适不过，看排练的看排练，谈文学的正聚在某个房间里高谈阔论。谁都不会注意到他俩的神秘失踪。

当然，王丰成功的前提是建立在女学者真的如他所说的"骚得不得了""老公已经满足不了她""出来就是想搞一把"上面的。假如事实并非如此，王丰就会碰壁的。然而他很相信自己的判断。他向来如此，尤其是在对待女人的事情上。

临出发前，王丰和我们打了招呼，让我们不要急于回宾馆房间。我和老安自然答应。我只是说：房间给你腾出来了，可别什么事情都没干啊！

王丰说：这是可能的。要是她愿意野合，就再好不过。不过四十多岁的女人，恐怕没这么爽快，担心屁股着凉什么的。

我和老安照例去隔壁看乐团排练。昏黑之中，我们看见两条黑影沿小路向上爬去，是王丰和女学者无疑。由于怕和他们照面，我们略去了登山项目，始终待在大殿附近。开始的时候，我还惦记着王丰他们的事，渐渐地就被演奏所吸引，把他们忘在了脑后。

那天小花也去了，她站在窗户那儿，和我并排。我和她说话，小花不自觉地转过脸，先是一个很小的侧面，后来就是整个脸了。她的眼睛也敢朝我看了，虽然面颊在窗口灯光的映照下绯红一片。她已经不再看里面的演奏，专注地和我说话。我当然看不见自己的姿态表情，只知道后来大殿窗前只剩下我们两个人了。小花一面说话一面用指甲在窗框上划出一道道白杠。

这时我听见有人在身后发出一声赞叹，说道：真他妈的太感人了！我走到院子里，看见王丰笑眯眯地站在那儿。他对我说：我已经看了很久了，眼泪都要看出来了。

我们三个一同回到宾馆房间里。首先要弄清的当然是王丰勾兑女学者这件事。他那么高兴，显然是没有得手。据王丰说，上去时他几乎托着对方的屁股，这属于山道上相互扶持，女学者并没有反对。当他们在一块石头上坐下,王丰企图将女学者揽进怀中,后者触电似的尖叫一声,跳开了。按照王丰的说法,自己根本就没有碰着她。那样的情形下,他要么强奸她,要么就当什么事儿都没有发生过,坐在石头上谈谈文学。王丰选择了后者。

见王丰无动于衷,女学者反倒来劲了,贴过来,磨啊蹭的。她对王丰说:我喜欢你的小说,喜欢你的文字。言下之意,这不等于我就喜欢你这个人,就得和你睡觉?可王丰并没有问她喜不喜欢自己。一气之下他连文学也不愿和她谈了,一个人走下山来。

那她呢?我问。

这会儿恐怕还待在山上呢,王丰说。他妈的虽然没有干过,但就像干过了一样,甚至比干过了还要爽快!

王丰就是这么一个人,任何不利于自己的事都可以用来证明他的优秀,尤其是在男女关系这样的事情上。

但至少说女学者"骚得不得了""老公

已经满足不了她""出来就是想搞一把"这样的判断有些失误吧?

不然,王丰说。她依然骚得不得了,老公已经不能满足她,出来就是想搞一把的。只是她还要装模作样,想要男人强奸她或者跪下来苦苦哀求。她以为她是谁?十六岁的小姑娘吗?没开封的处女吗?她以为自己是小花吗?

话题于是转到小花这里。王丰旧话重提,对我说:她真是一个好姑娘,你就把她带回南京吧!我说我没有那个意思。王丰说:你就别瞒我啦。刚才我看见你和小花站在那儿说话,感动得眼泪都要掉下来了。

我说我们没谈什么,只是一般性质的聊聊。王丰说:你是没有看见自己,那姿态,那神情,真是感人至深啊。我站在你们背后足有十几分钟,你都没有发现。

不得已,我供出了老安。告诉王丰我之所以站在窗户那儿并不是为了和小花说话,而是给老安挪地方。乐团里有一个拉二胡的姑娘老是朝我们看,老安觉得是在看他。

王丰说:我操,原来你们都有目标。也好也好,大家都没有闲着,我就不用内疚啦!

老安说:我和拉二胡的女孩儿一句话都没有说过,哪像老郭那么走运啊。

王丰问:为什么不和她说话?老安回答:那不太冒昧了?要是我们在这儿多待几天,没准儿我会逐渐接近她的。

谁都能看得出来,老安是真的喜欢上了,而且有了不能自拔的意思。情况如果真的这么严重,在王丰看来就不好玩了。

我真不明白,你们这是怎么啦?喜欢那么天真无邪的小姑娘,犯得着吗?我的原则是,能搞就搞一把,不能搞的就别沾,看看也就行了。能看的东西不一定就能吃。王丰如是说。

老安提出疑义。他的问题是:为什么就不能一视同仁?老郭是你的朋友,看上了小花,你就让他带回南京去。难道我就不是你的朋友吗?为什么我喜欢上了一个女孩儿,你就让我别沾呢?

对于一个已经陷入其中的人,你是怎么也说不通的。

这天晚上我躺在床上,想了很久。我真的喜欢小花吗?没错,她很可爱单纯,而且那么年轻,模样也不错。而我浪荡半生,至今仍然孤身一人。朋友们都希望我能安定下来,找一个好姑娘过日子。王丰的渲染和怂恿就是冲这点来的。我倒是没有什么世俗的考虑,认为和小花之间的距离太大(一个是以写作为生的作家,一个是山沟里的小姑娘)。当然,我也没有任何浪漫的想法。关键在于,欣赏归欣赏,爱就是另一回事了。小花的纯朴一点也激不起我作为男人的情欲。从本质上说,我喜欢的还是那些矫揉造作的坏女人。

我既不能像王丰那样,想的就是干一把;也不是老安,见到可爱的女孩儿就想给人家挡风遮雨。所以我的问题很难办,不是一时半会儿可以解决的。

第二天,也就是我们上山的第四天,会议终于结束了。上午举行了闭幕仪式,吃完中午饭后我们就该下山去了。

我们还没有离开以前,另一批开会的人就上来了,出现在宾馆里。他们将住进我们住过的房间,在我们开会的会议室里开会。当然,会议的主题不会再是城市文学。

由于宾馆方面的问题,两批人发生了重叠,也就是说,我们还没有走他们就已经来了。来了就要住店,放下行李、睡个午觉什么的。宾馆方面一阵手忙脚乱。

新来的客人除一些住进空着的房间外,大部分人还站在外面,骂骂咧咧的,在抱怨宾馆方面的安排。

我在走廊里碰见小花,她正提着两只鼓囊囊的塑料袋从一个房间里出来。看她急匆匆的样子,就像也要离开宾馆似的。我问她去哪里,小花说给客人腾房间。原来她和秀儿没有固定的住处，平时住在客房里，客人多的时候就要自己想办法。

我提出去她们的房间里看看。小花放下塑料袋，拿出钥匙开了门。

房间和我们住的那间没什么两样，只不过这是两人间，只有两张床位。床上的被子也不是宾馆的，大红大绿，想必是小花她们各自从家里带来的。

房间里弥漫着某种特别的香味，是由梳洗化妆用品和廉价的香水混合而成的。这是典型的闺房气息。看来，她们在这里已经住了不短时间了。

我打量房间的时候，小花趁便将床头的镜框和小摆设收拾进塑料袋。她从墙上取下一串佛珠和几张影视明星的照片。

我问小花她们要搬到哪里去，她说不知道。

我说：以前呢？给客人腾房间的时候住在哪里？

小花说：哪里都有。去庙里和她们住，也有在餐厅里住的。实在不行，我和秀儿就搭铺睡在走廊里。

出于怜悯，或者别的什么，我给了小花一张名片，上面有我在南京的住址和电话。我对小花说：以后有机会来南京就找我。要是想去外面闯闯的话，我帮你联系工作。

后来，我们就离开了宾馆，下山去了。我和老安、王丰走在最后。王丰对女学者已没有兴趣，因此脱离了大部队，和我们结伴而行。

我向他们讲了刚才和小花告别的事以及给了她一张名片。老安说：怪不得呢，我们到处都找不到你。他越走越慢，很不情愿地向下迈着步子。身后寺院的山门渐渐地降下去了，就要看不见了。老安问我们：我是不是也要给拉二胡的女孩儿留一张名片呢？

没等我们回答，他就返身向上跑去，一面招呼我陪他去一趟。王丰则留在原地，坐在路边的一块石头上抽烟等我们。

我和老安一前一后、气喘吁吁地跑进

寺院。下午的排练还没有开始，院子里安静极了，几乎看不见一个人。我们转了两圈，只看见一个扫地的老和尚，狐疑地盯了我们几眼。

老安问：怎么办？要不要让老和尚转交？后来他想起乐团团长，问我记不记得他住的那栋房子，我说记不得了。老安长叹一声，无奈地说道：天意如此！

喘息稍定，我们就下山去了。在半道上与王丰会合。三个人一路无话，很快，就赶上了前面老头老太。没过一会儿，我们就赶到前面去了，将他们远远地甩在了身后。

下　篇

从山西回来后一个月左右，小花给我打来了电话。开始的时候，我不知道是她打的。我妈告诉我：有一个女孩儿打电话来，说有事找你。我问我妈：声音熟悉吗？讲的是南京话还是普通话？年纪大概有多大？我妈说：好像是个小女孩儿，声音细细的，说找郭健大哥。虽然我对这么称呼我感到奇怪，但也没想到会是小花。

第二天我正好在家，小花的电话又打来了。这次是我接的。我问她在哪里。小花说：在宾馆呐，客人已经吃过了，这会儿没事，给郭健大哥打一个电话。

我的眼前不禁浮现出绵山上的傍晚，小花和秀儿在餐厅里忙碌的身影。隔壁乐团里的孩子正收拾乐器，准备去大殿里排练。

我问小花过得好吗，她支支吾吾的，看来过得不太好。我想起自己的许诺，就问：是不是想出来闯闯？我帮你联系工作。小花不答。过了一会儿她说：我也没有什么事，就是想念郭健大哥，想听听你的声音。

真没想到小花的嘴有这么甜。在我的想象中，她是一个连电话也不会打的纯朴的乡下小姑娘。看来她不仅会打电话，而且很会表达。电话里小花的声音虽然纤细，但很平稳，普通话也说得字正腔圆。

就这样小花开始给我打电话。开始的时候，一两星期一次，后来就比较频繁了。电话打了一个多月，天气也开始渐渐变凉了。

我总算明白了小花的意图，她的确不想在绵山宾馆干了。一次，她和我商量，想去乐团里学拉琴。我说你一点基础都没有，去乐团不太现实。小花说：我从小就喜欢音乐，哪怕工资少一点我也愿意去。我的眼前不禁出现了她扒着窗户看排练的情景，于是说道：那倒也是，怎么的也比在宾馆里折被子洗碗强啊。

再后来她没有再提去乐团的事，但离开宾馆的想法似乎一直没有变。我答应她在外面想想办法，但这件事不可操之过急。

你没有专业，而且还得考虑安全等等的因素，现在外面乱得很。我对小花说。所以得看有没有合适的机会了。

我还真的开始帮小花联系工作。当然，我不想在南京范围内考虑。这件事情上我有一点私心：一个在外地开会认识的小姑娘跑来投奔我，别人会怎么想呢？况且她从没有出过山西，到南京后都得靠我，这么一个大活人我能担待得起吗？

于是我给外地的朋友们打电话，托他们帮小花找一份工作。这些朋友都很爽快，立马答应下来。同时他们对我说：这事儿不能操之过急，得看有没有合适的机会。这话正是我对小花说的。

我每天要到中午才起床，因为睡得晚，晚上写东西。另外我还有失眠的毛病。朋友们都知道我的这个习惯，所以给我打电话一般都在中午以后。

这天早上，我被电话吵醒了。接电话的时候我看了一下表，才六点多钟。是小花。我问她：你在哪里？她说：我在南京火车站。我的天，怎么说来就来了！

我对小花说：不是让你等一等吗？怎么这么不听话？当然，现在说这些已经无济于事。我让她在车站广场上等着，千万别走开,说我马上就到。

半小时以后,当我打车到达南京站的时候,看见小花站在候车室外面的台阶上。她背着一只印有字母的大包,表情呆滞地看着前面。她的身边,站着另一个女人,也是一副翘首以待的样子。

见我走过去,小花羞怯地叫了句:郭健大哥。我对她报以微笑,说:走吧,还愣着干什么?小花并未挪动脚步。她转过身去和旁边的女人说着什么,完了这才走下台阶过来了。

在出租车上,我问小花:那女人是谁?小花说:我不知道,我们是在车上认识的。我说:你可要对我说实话啊,你们是不是一起来的?小花说:不是。我们在车上才认识的,她和一个男孩儿是一起的。我问:男孩儿呢?小花说:去打电话了。我说:你看看,这有多危险,人家要是把你拐卖了怎么办?小花不语,一副已经知错的样子。

我继续教训她说:这年头,外面乱得

很,你又没有出来过。万一今天打电话找不到我怎么办呢?小花说:他们有一个朋友在南京,让我跟着一起去。我说:看看看看,真是太危险了!

回到家,我妈已经起来了。我向她讲述了小花在火车上碰到一男一女的事,她老人家就唠叨开了,什么这年头不太平,一个姑娘家的。什么上次报纸上说,一个大学生被人贩子拐到山沟里给人家做媳妇吃了多少苦……

我让小花去洗个澡,然后去我妈的床上休息一下。我则开始四处打电话,帮她联系工作。我的目标是:天黑以前将小花安顿下来。所剩的时间已经不多了。

几乎所有的朋友都被发动起来,尤其是王丰和老安。我觉得他们有义务帮助小花,因为她是我们开会时一起认识的。老安十分热情,大约小花的到来使他想起了拉二胡的姑娘,似乎觉得又有了希望。王丰的意思是,缓几天也没事,小花住在我家里,正好培养感情。我说:你完全误会了,帮助小花绝对是……王丰说:你就别解释啦,我这就去联系还不行?

下午三点左右,终于有了结果,一个朋友开的画廊正好需要人手。说好每月两百元工资,包吃包住。工资是低了点,但活儿不重,不过是扫扫地、擦擦镜框、打扫房间什么的。

约四点,我将小花领到画廊。王丰、老安也都到了。画廊老板见一个乡下小姑娘引出了这么多的人物(我、王丰、老安在圈子里多少有些名气),不禁对小花另眼相看。按南京话说,这叫"加势"。我们给小花加势来了,这对她今后的生活多少会有一些帮助。

安顿下来以后,由老安领着,小花去王丰女朋友开的时装店里选了两套衣服。另外老安还将他以前当工人时用过的两只旧饭盒送给小花。老安围着小花忙前忙后。这样也好,如果有人怀疑小花和我们中的一个关系暧昧,那肯定是跟老安。

我一身轻松地回到家,有些疲惫,也有些兴奋。疲惫是因为我几乎一夜没睡,又紧张忙活了一天。兴奋在于:终于将小花安顿下来了,没有让她在家里过夜。想起早上车站上的那幕,小花差一点落入可怕的人贩子之手,我为自己能及时赶到和虎口救人的举动不禁有些感动。

去画廊之前,小花还在我妈床上睡觉的时候,就有人打电话来找小花了。电话是我接的,对方是个女人,说找小花。我一听就知道是那个在火车站见过的女的。我对她说:小花不在,她已经去外面工作了。那女的问:她工作的地方电话是多少?我说我不知道,并让那女的以后别再打这个电话了。

小花醒了以后,我告诉她电话的事。我对小花说:看看,有多危险,已经追到家里来了。我责备小花不该把我们家的电话告诉陌生人,小花低头不语。我问她:你有没有把这儿的地址告诉他们啊?小花摇了摇头,我稍稍放下心来。

当我从画廊回到家里,我妈告诉我:他们又打电话来了。先是那个女的,后来是个男的,口气凶巴巴的,说是要找小花。我妈没有理睬他们。但显然,她老人家生了气,面颊都涨红了。

简直莫名其妙!我妈说,这个小花也真是的!

我说:是啊是啊,她太不懂事。下次见到小花我要好好地批评她。

正说着,茶几上的电话又响了。我接起来,还是那个女的。我正有气没有地方出,便说:我警告你,要是再打电话我就打110报警了。那女的还想说点什么,只听一个男人说:我来我来。像是在和女人抢话筒。接着传来了男人粗鲁的声音:你们把小花交出来!不然这件事情就没完!说完,啪的一声挂了电话。

我的天,人贩子居然如此猖狂!也难怪,已经到嘴边的肉被我给抢跑了。我对我妈说：以后是他们的电话就挂断，不必多说。实在不行，就真的得考虑报案了。

此后的几天，仍有零星的电话骚扰。我妈按我说的，绝不多说，不行就挂断电话。好在挂了电话以后，他们并不马上打过来。后来，竟形成了规律，每天傍晚时分总有一个电话打进来找小花，一般是那个女的。我妈或我便说：小花不在。那边也不多问，就挂了电话。

渐渐地，我在头脑中勾画出那男的的形象。小花说过他是一个"男孩儿"，看来年纪的确不大。北方口音，说话生硬，似乎不善言辞。火气看来不小（年轻气盛），性情急躁，从他和那女的抢夺电话中便能看出。而且喜欢赌气。自从和我在电话里"谈崩"以后他就不再出面了。即使说话也是只言片语，口气依然粗鲁，笨嘴拙舌。这样的男人（男孩儿）可能是人贩子吗？

至于那女的，我在火车站见过一面，带

着大包小包的,表情木讷而焦虑。与其说是人贩子还不如说像被拐卖的妇女。也许这里面另有隐情。

我仍然每天中午起床,胡乱吃点东西后去工作间写作。小花的到来和电话骚扰并没有影响我的生活规律。自从将小花安顿在画廊以后,我就没冉和她联系过,她也没有打电话来。我从老安那里得知,小花过得不错。他已经领她去中山陵玩过一次了。穿着从王丰女朋友店里拿的衣服,小花就像换了一个人。有这么一个漂亮的女朋友走在身边,老安的虚荣心得到了很大的满足。要是老安能和现在的老婆离婚,娶了小花,这事儿就更加圆满了。

在绵山的时候,我对小花颇有好感,但谈不上什么爱情。这会儿就更不可能了。她再也不是那个扒在窗户上看排练的纯朴的乡下小姑娘了。回想起在火车站见到小花那一次,她显得十分平凡,和那些从农村出来的打工妹没什么两样。背着一只自以为时髦的背包,上面印着难看的字母,脚下穿着一双高跟凉鞋,趾甲又脏又长。尤其是她的眼神,既紧张又自卑。这样的女孩儿,怎么可能吸引我呢?

对于小花,我已经做到了仁至义尽。想想看,一个萍水相逢的小姑娘,我接待了她,帮她逃离了人贩子之手,安顿下来。要是有朝一日她能嫁给老安,我肯定功不可没。虽说有些事情是因缘凑巧,但没有我的帮忙,这会儿小花还在绵山的山沟里待着呢。

可她给我带来了什么?除了每天傍晚的骚扰电话。要都是我接的,倒也没有什么。可电话打搅的是我妈。看见她老人家忧心忡忡的样子,我不禁迁怒于小花。没有和她联系也是正常的。

电话骚扰大约持续了五天,五天后对方就没再打来了。清闲了两天。这天我照常去工作间写东西,还没有开机,就接到了小花的电话。这是她去了画廊后第一次和我联系。

小花的声音很焦虑,说她今天就要回去了,打个电话向我道别。我问是怎么回事,小花的声音马上变成了哭腔。她说父母从山西过来接她了,现在正在火车站上。我听见电话里的背景声,的确很嘈杂。小花说:他们正在买票,我溜出来给你打一个电话。

事已至此,我能做的只是安慰她几句。小花见我的口气柔和,不禁说道:我不想回家,一点也不想回家。郭健大哥,你能不能和我爸爸谈谈?我说:那就算了吧。你没有得到父母的同意,还是跟他们回去吧。下次有机会再来,反正我们都不会离开南京的。

小花一再央求我和她的父母谈谈,我自然没有松口。心想:凭什么呢?我又不是你的什么人。这样的要求的确有些过分了。

小花说:郭健大哥,我会回来的,一定会回来的。就像我要求她这么保证了似的。见我沉默不语,小花抽抽搭搭地挂了电话。

下午四点多钟,我离开工作间回到家。

一进门,我就对我妈说起小花离开了南京的事。我妈说:我早知道了,人已经来过了。我怕你在写东西,没有打电话告诉你。我妈一面择菜一面向我讲起了事情的前因后果。

就在我离开家去工作间不久,有一个电话打到家里来找小花。我妈以为又是那一男一女,但听听又不像。这次是个男人,声音比较老成。我妈说小花不在,她也不知道怎么和她取得联系。那人便说,他是山西公安局的,找小花和一个案子有关。

我妈自然不为所动,她怀疑这是人贩子的又一花招。于是一面应付一面考虑对策。那人见冒充公安局的唬不住我妈,便说了实话。他说他是小花的父亲,特地从山西来南京找自己的女儿。他告诉我妈,前几天打电话来的那一男一女是和小花一起出来的。他们在南京待了几天,由于和小花联系不上,钱又用完了,女孩儿已经回去了。从女孩儿的口中他们才得到了小花在南京的下落。

我妈见他说得合情合理，又考虑到他们千里迢迢寻找女儿的焦急心情，所以没有和我商量，就将画廊的地址告诉他们了。

大约一小时后有人敲门，是小花，她的身后站着一对中年男女。小花介绍说是她的父母。那男的刚才和我妈通过电话。两下的情况相符。我妈庆幸自己没有上当。

小花领着她的父母是来告别和道谢的。他们马上就要去火车站，买票回山西。

我妈多了一句嘴，说：小花不多待两天啦？出来一趟怪不容易的。小花闻言哭了起来，她说：我不想回家，一点也不想回家。郭健大哥的妈妈，你能不能和我爸妈说说？还没等我妈开口，中年男女便吵嚷起来。他们用我妈听不懂的家乡土话大骂小花。

我妈对小花说：既然你的父母不同意，你就跟他们回去吧。以后有机会再来嘛。反正已经认识路了，下一次也不怕找不到……

实际上，小花已经做好了离开的准备。她带着第一次来我们家时背的那只旅行包。

她还将两只旧饭盒和二十块钱交给我妈,让她转交给我。

唉,都在这里了。我妈对我说。我不肯要,小花死活要留下,也不知道是什么意思。

饭盒是老安送给她吃饭用的。二十块钱,大概是给王丰女朋友的,小花从她的店里拿了两套衣服。我解释说。

现在,这两样东西都留了下来,就在客厅里的桌子上,坑坑洼洼的铝皮饭盒和两张皱巴巴的十元钱。饭盒,老安肯定是不会再要了,他已经把它送给了小花。我让我妈将饭盒留下,以后或许有用,或者扔掉也行。二十块钱,在王丰女朋友的店里就是一只衣服袖子也买不到啊!

我妈说:你就别跟她计较了。一个乡下小姑娘,能有这个心就已经不错了。况且小花一再对我说,她身上只有这么多钱了。

我说:是吗?

我妈说:是啊,她是这么说的。

过了一会儿,我问我妈:那男孩儿呢?

就是那个每天下午打骚扰电话的家伙。

我妈说：对了，我忘了告诉你，小花的爸爸说，那男孩儿至今还没有回去，已经失踪了。他们家的人快急疯了。小花的爸爸临走时特地打了招呼，要是男孩儿打电话来，一定要和他们取得联系。

我说：这事儿还真没完没了了！

一周以后，我收到一封寄自山西介休某乡的信，是小花写的。在信中她告诉我，自己已经三天没吃东西了。小花整天躺在床上，拒绝和父母说话。看来她还在为他们把她带回去而生气。真没想到小花的脾气有这么大。当然，她不是真的不想活了，而是通过绝食的方式和父母作斗争。小花告诉我说，她一定会再来南京的，任何人都阻挡不了她。

信写得很长，满满的一页纸。小花的字写得很小，但不算难看。文字也颇通顺朴实。在信纸和信封上，她分别两次写上了自己的地址。小花要求我给她写信，似乎这件事对她来说很重要。

小花没有提那男孩儿的事，既没有说他已经回家了，也没有说他仍失踪在外，也没有向我打听男孩儿的消息，就像这件事从来就没有存在过一样。

小花的信放在我的桌子上有很长时间。有几次，我有过冲动，想给她回一封信，至少打听一下那男孩儿是否回家了，但最终还是没有写。我似乎等待着什么，等待小花第二次给我来信，或者那男孩儿往我们家打电话。但这两件事都没有发生。

一直到快过年的时候，我整理工作间，再次看见了那封放在桌子上的信。它现在已经变得有些陈旧了，上面落了不少灰。我想了想，最后还是将它揉成一团，扔进了垃圾袋。

我知道自己的行为有些冷漠，但我给自己找了一条理由：小花甚至都没有提过那男孩儿，没有就此事向我作出过任何解释。对这样冷漠的人,我这么做不算过分。于是我就心安理得了。

  2001年6月24日至2001年8月8日